U0061466

餐桌上的訓詁

王寧 著

自序

　　這本書裏收入的短文，大多是我在二十世紀八十至九十年代為《中國烹飪》雜誌「烹飪訓詁」欄目所寫的短文。這批短文是被兩個目的機緣巧合地碰撞出來、隨寫隨發而累積到一起的。

　　一九八三年，我正式調入北京師範大學做導師陸宗達（穎民）先生的科研助手。這時正是學壇復蘇的黃金時期，在師輩的努力下，訓詁學重新走入高校中文系的講堂。穎民師在出版了《訓詁簡論》和指導我出版了《訓詁方法論》、《古漢語詞義答問》之後，對訓詁方法科學化和訓詁學在當代的普及問題更加重視。老師已經充分認識到，訓詁學要想在當代發展，必須在理論研究的同時，做好普及和應用的工作。那時，我們寫了很多普及性的文章，希望引起學界和社會對訓詁學的關注。正在這時，《中國烹飪》雜誌主編蕭帆先生與穎民師在政協相遇。蕭老早年參加革命，一九八二年離休後對《中國烹飪》非常重視，聘

請了哲學與經濟學家于光遠、文物鑒賞家和收藏家王世襄、文獻學家王利器、營養學家和書法家沈治平、社會學家費孝通等先生擔任顧問。從這個顧問的陣容就可以看出，刊物的宗旨和興趣不只在傳播烹飪的技藝，更在弘揚中華民族的烹飪文化。一九八四年春節，蕭老請負責刊物的吳步初到北師大拜訪穎民師。那些年，老師為了培養我，凡是有人進行學術訪問或是約稿，總叫我跟在旁邊，客人走後，老師即指示我如何回覆或如何撰文。吳步初轉達蕭帆先生的話說：「陸老是訓詁大師、文字學家，又是美食家，一定要支持我們的雜誌，給我們寫稿。」老師幽默地說：「我是會吃不會做，專滅美食而不產美食。不知該怎麼幫你們？」吳步初說：「會做是本事，如無人會吃，做來何用？您隨便一着筆，就成了美食配美文。」

我們和《中國烹飪》的合作就此開始。《中國烹飪》是月刊，為我們專設了「烹飪訓詁」欄目，編輯每過一兩個月就來催稿，盛情難卻又追趕莫及。用穎民師的名字發過一兩篇文章後，穎民師就把撰寫「烹飪訓詁」欄目短文的任務全部交給了我。從一九八四

年第七期我以「萬陵」為筆名發表〈說湯餅〉開始，到一九九一年第八期發表〈漢字與烹飪文化〉為止，那三十幾篇短文就這樣陸續寫完發出。後來《中國烹飪》改版，以傳播名廚的烹飪技術為宗旨，我們的寫作也就停止了。

回想起當時的情形，「烹飪訓詁」欄目到一九九一年年底收關，真是恰到好處。因為，我那點關於烹飪飲食文化的積累，寫完這三十幾篇文章也用得差不多了。這些短文，因為擔負着普及訓詁和普及烹飪飲食文化知識的雙重任務，題材並不好找。穎民師在和吳步初交談、商量設「烹飪訓詁」欄目的時候有個說法：「現在的人知道『文字學』，說起『音韻學』雖然生疏，顧名思義也還知道是討論語音的，可『訓詁學』這詞兒大家看着都眼生，不知道它是幹什麼的。其實，文字、音韻、訓詁互相不能分開，訓詁管着語言意義，很有用處，需要普及。吃喝烹炒人人都熟悉，借着古代的烹飪飲食文化普及一下訓詁，是個好辦法。」把任務交給我的時候，老師還說過：「我們不是光為了講『吃』，最終還是要普及訓詁，這點可

別忘了！」老師的那些話，也就成為我選題和撰文把握的標準。中國的烹飪飲食實在豐富多彩，電視節目《舌尖上的中國》僅僅把全國各地有特色的主餐和小吃表現了一下，不知道有多少令人驚羨和垂涎的食品讓全世界的人嘆為觀止。但是，不是每種好吃的東西裏都有典型的、可以普及的訓詁。「烹飪訓詁」欄目希望文章短小易讀，形成的規模是千字左右的短文，刊登出來只佔一頁，有時字數多了，還要轉頁。這些短文既要考慮到一般人能懂，又要考慮到材料的真實出處，很多有意思的材料因為學術性太強，不適合普及，也只有捨棄了。接了這樣的任務，我才知道有趣又不搞噱頭的學術普及，尤其是將一種古代的、很陌生的學問拿來以享今天一般的讀者，對寫作者真是一種難度很大的考驗。所以，對待「烹飪訓詁」這個欄目，我從來不敢怠慢。琢磨很長時間才醞釀出一個題目，寫完先給穎民師看，老師點了頭才交給催稿的編輯。

現在回想起當時的很多事，宛如就在眼前。我寫〈說醉〉那篇文章講了《說文・酉部》關於飲酒後

生理反應的幾個字，老師看後哈哈一樂。過了幾天，老師被約去品酒投票，說要帶着我，而且囑咐我：「不必品嚐，我怎麼投，你也怎麼投就行。」我憑着「烹飪訓詁」這個欄目的作者混了一個評委，跟着充了一次「內行」。不過，看所有的酒都是水一般，連酒名都沒記住幾個，更不要說那些酒什麼味兒了。還有一次烹飪學校邀了一位名廚掌勺請老師吃飯，老師讓我帶着十一歲的小兒子一起去。上了樟茶鴨之後，老師忽然說：「有了烹飪，不可不說訓詁，讓我們王老師講講雞、鴨、鵝是怎麼命名的。」我一時慌了神兒，半天才想起來近時連續寫了〈說雞〉、〈說鴨〉、〈說鵝〉，用古韻講過三種家禽都是用它們的叫聲命名的。於是用這三個字古音的擬音分別講了雞、鴨、鵝的叫聲和命名由來，引起烹飪學校的領導的興趣，專門請我陪着老師去講了兩次「訓詁學」。我的小兒子一回家就問我：「雞、鴨、鵝古時候叫的聲音和現在是一樣的嗎？」倒讓我沒法回答了。又有一次去武漢大學開會，住在珞珈山招待所。吃完飯，一位年輕的經理忽然來見我，給我深深一鞠躬。我嚇了一跳，

他卻說：「我是陸老和您的學生，聽過您們的講座，也是看着每期『烹飪訓詁』欄目長大的。」從此我每住武大珞珈山招待所，都能享受一次單獨的豐盛早餐。我對這位經理說：「我老師是美食家，他說自己會吃美食不會做美食。我呢，既不會吃也不會做，很是外行。」他回答説：「不會做不會吃都不要緊，您們會寫，我們就有得學了。」

這三十多篇短文，因為有普及訓詁學的作用，我曾整理後放在《訓詁學原理》（中國國際廣播出版社一九九六年出版）的「訓詁學的普及與應用」欄目裏；又因為有普及烹飪飲食文化的作用，一部分初稿曾被收到何九盈等先生主編、曹先擢先生擔任顧問的《漢字文化大觀》（人民教育出版社二〇一〇年再版）裏。現在，我以《訓詁學原理》的稿子為基礎，把這些短文集在一起單獨成冊。朋友們都希望取一個活潑一點的書名，讓它更能起到普及訓詁學和普及傳統文化兩方面的作用。「餐桌上的訓詁」這個書名，是受了前輩學者一件雅事的啟發：常聽我的幾位老師説起，有一段時間，幾位美食家的老友喜歡聚在一起用

餐，入席後，大家會行一個「令」，就是點着一盤菜讓穎民師就着菜名背一段《説文》，想來就是「蔥爆羊肉」——「羊，祥也」；「冰糖肘子」——「肘，臂節也」；「宮保雞丁」——「雞，知時畜也」之類。更有趣的是，要從《説文》的訓釋繞到「吃」上，大家才動筷子，老師們戲稱為「雅吃」。想起這件事，書名就有了——這不正是「餐桌上的訓詁」嗎！

自從關注了中國的烹飪飲食文化，我想得最多的是中國人從古到今講究吃，中餐因花樣繁多、技藝高超而享譽世界，所奉獻的僅僅是一種物質享受嗎？中華文化歷來看重內在的精神，中國的烹飪飲食文化的精神因素又在哪裏呢？借助古代典籍的傳遞，我在本書的最後將中國古代烹飪飲食文化的優秀傳統總結為「和與調」、「節與精」、「齊與範」三點。發展到今天，中國烹飪的食材有了更新更多的發掘；隨着交通的發達和旅遊業的發展，人們的眼光更加開闊，口味也隨之發生了很大的變化；生活水平提高後，飲食與養生的關係被不同年齡的人群普遍關注。但「和與調」的理念、「節與精」的品味、「齊與範」的方法，

不但沒有過時，反而被更多的人理解和奉行，仍然在不斷發揚光大。

　　讓訓詁學走出「絕學」，走進更多人的心裏，還有許多工作要做，我們會繼續努力。

二〇二〇年一月二日初稿
二〇二〇年八月二日改定

目錄

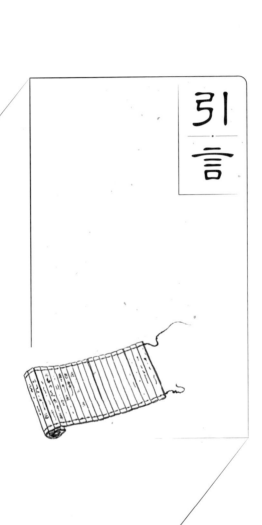

引言

這是一本講古代烹飪飲食文化的小書，也是一本普及訓詁學的小書。這兩件事放在一起，初看起來好像沒有多大關係，但細說起來，關係還真挺密切。

先說烹飪飲食，也就是吃飯和做飯。不論是古代還是現今，這件事都是可大可小，可淺可深。

說大一點，它關係到人類的生存，社會的發展。飲食與人類俱在，不論在哪個時代和在什麼地方，飲食和人類的關係都是最密切的。烹飪從熟食開始，有了火，才有可能熟食，也才能有烹飪。古代典籍中記載熟食的傳說很多。《禮記·禮運》闡釋了烹飪飲食從遠古到上古的演變：「昔者先王未有宮室，冬則居營窟（按：挖掘洞穴而居），夏則居橧巢（按：用草木建巢而居）。未有火化，食草木之實，鳥獸之肉，飲其血，茹其毛。未有麻絲，衣其羽皮。後聖有作，然後修火之利，范金（按：范，翻砂的模型）合土，以為臺榭、宮室、牖戶。以炮以燔，以亨（烹）以炙，以為醴酪。治其麻絲，以為布帛。以養生送死，以事鬼神上帝。皆從其朔。」燧人氏鑽木取火的傳說，與《禮記》的說法如出一轍。考古的成果將火

食的時間不斷提前，從茹毛飲血到炮燔烹炙，人類有了新的活法，進入了一個新的文明階段。

烹飪飲食還關係到國家的興亡，戰爭的勝負。《尚書·洪範》說，天帝賜給夏禹一種治理國家的大法，稱作「九疇」，其中的「農用八政」，說的是八種管理國家的日常政務，第一項就是「食」。關於飲食的重要性，古往今來有很多典故，最典型的一句話就是「民以食為天」。楚漢相爭時，劉邦多次在滎陽、成皋被項羽圍困，因此想放棄成皋以東的地盤，屯兵鞏、洛以與楚軍對抗。說客酈食其（音力義基）給劉邦獻策，讓他趁項羽不經意時收復滎陽，因為在滎陽西北敖地山上有一個糧倉，各地往此輸送糧食已有很長時間，能佔有敖倉大量儲備的糧食，其他的軍事行動有了最基本的物質保障，才可立於不敗之地。劉邦接受了他的建議，先有了充足的糧食，再加上正確的軍事措施，終於取得了最後勝利。酈食其以糧食的重要性說服劉邦，他說：「知天之天者，王事可成。不知天之天者，王事不可成。王者以民人為天，而民人以食為天。」南宋武帝劉裕在位三年後，長子

劉義符即位，兩年後被殺害，三子劉義隆即位，是為宋文帝，繼承父親的改革政策，在位三十年成就了元嘉之治的太平盛世。劉義隆對農業十分重視，多次親耕勸農，元嘉二十年下詔說：「國以民為本，民以食為天。一夫輟耕，饑者必及，倉廩既實，禮節以興。」這就是元嘉之治一切政令的基礎。這兩處「民以食為天」的記載，分別見於《史記》和《宋書》，歷代當政者頻繁引用，各種類書經常收存。「民以食為天」這個傳統的觀念，雖從帝王的御權之術而來，卻是亘古不變的大實話。如果哪個國家連飯都不讓老百姓吃飽，不管原因是什麼，維持政權都難，還談什麼發展。吃飯事關每一個人，「民以食為天」也就成為老百姓保護自身最基本利益的口頭禪。

說小一點，烹飪和飲食的原始動力不過是為了果腹 —— 自己吃飽，也讓下一代吃飽。或者說，它不過是家家戶戶的庖廚和餐桌，無非是碗裏飯、碟中菜、杯中酒而已。就個人和家庭而言，富足時山珍海味，豐盛有加；貧困時端着一個大碗稀湯，抓住一塊雜麵乾糧，門邊兒上、樹底下、地頭上隨便一蹲，就

是一頓飯。但是，隨着社會的發展，飲食的目的越來越不單純了。從在世的人吃，到對辭世者的祭；從生存和生長的需要，到對美味和營養的追求；從簡單的進食、消化，到過程和動作的儀式化；從口感與味覺的滿足，到色彩和樣式的視覺享受；從個人的食用，到家庭的團聚、朋友的抒懷、鄉愁的體驗……幾千年來，烹飪和飲食從口味到心享，已經不僅是物質文明，而有了深厚的精神內涵。於是，烹飪和飲食與許許多多自然的、社會的因素發生着密不可分的關係。人們在山河湖海中尋覓食材，通過農牧業生產擴大烹飪的原料，借助日漸精密的手工業創造烹食的器皿。人的口味與食品製作跟地勢、季候、交通、居住條件等等發生了關聯。在打上了時代和地域烙印的烹食習俗和禮儀中，可以考察出不同人群的生理和心理特徵。「吃」造就了人類的文明，人類的文明又發展、改進、豐富了「吃」的技術與藝術。所以，往深裏說，烹飪飲食文化是有關人類文明史的大課題，值得細微的文筆去大書特書。

就整體民族文化而言，中國人在烹飪飲食領域

的創造實在令人驚嘆。就食材的豐富，烹飪手法的多樣，不同菜系口味之紛繁，果腹之外品嚐、養生、治療、交際等功能的眾多，在世界上可以說無與倫比，漫長的烹飪飲食發展史，有多少高超的發明和技藝使人驚呼，有多少與之相關的生動故事讓人神往。但是，要瞭解這些故事，學習這些技藝，必須去閱讀古書，而訓詁學，就是幫助我們準確讀懂古書的橋樑。

現在再來說訓詁學。

訓詁學是中國傳統語言文字學的一個組成部分。周代的宮廷學校分國學與鄉學，其中包括小學與大學。八歲入小學，保氏教國子，先以「六書」，因為只有先學習了漢字，才能通過讀書學習數學和禮、樂、射、馭等別的課程。所以周代就把認字、讀書、作文這種開蒙的教育稱作「小學」。秦始皇初兼天下後，講求實用技術，燒毀經書，並發佈很嚴厲的「挾書令」——除幕府外，民間不能私自藏書。漢初「罷黜百家，獨尊儒術」，需要將先秦經典發掘出來，始創經學，以儒家經典《詩》、《書》、《易》、《禮》、《春秋》為教材。漢字是表意文字，古文經學家手中

持有還保存着古文字書寫的經典，而早期古文字形義是統一的，因此可以利用漢字的字形來證實經典的意義，從而解讀經意、還原歷史。這就產生了將漢字形音義統一以整理典籍的學問，沿襲周代的名稱，仍叫「小學」。這裏的「小學」不是小學問，因為它和經典捆綁在一起，是經學的一個部分，在當時是大學問，所以漢代就有人給它翻案，說不能再把它「降在小學」。於是到了隋唐時期，便將「小學」明確分為文字（形）、聲韻（音）、訓詁（義）三門。這三門學問，雖各自都有自己的理念、方法和專書，但就解讀古代文獻的應用目的而言，形、音、義必須結合，文字、音韻、訓詁是分不開的。東漢許慎盡二十年之力，作了一部《說文解字》，在五經話語系統的基礎上總結了漢字的形義關係，並建立了上古音系統，是第一部把文字聲韻訓詁學引向科學的經典著作。

訓詁學是解讀古代漢語書面語意義的學問，它有三個基本方法：一個是「以形索義」，也就是利用漢字的表意性來解釋古代典籍。第二個是「因聲求義」，也就是考察詞的古音，找到詞的本字，再準確理解詞

的本義。清朝大學問家戴震説「故訓音聲，相為表裏」，王念孫説「訓詁之旨，本於聲音」，都是説音和義的關係很重要。第三個是「因義證義」，是利用漢語詞義的系統性和引申規律來確證意義的內涵。這三個方法合在一起，就是「形音義互求」。在這本小書裏，是想一方面介紹古書上關於烹飪飲食的記載，一方面採用訓詁學形音義互求的方法，讓大家既熟悉了古人的生活，又熟悉了古人解讀文獻的訓詁學。

　　利用漢字形音義的結合，追溯漢字和古代漢語詞義的變遷，可以找到很多烹飪飲食文化的信息，使烹飪古史再現，它是寫在書上的文物考古。這裏只舉一個例子：上古漢語中，「禽」是鳥獸的總名，這個字從「内」，表示禽獸的腳爪，古人對禽獸的腳爪最為敏感，因為他們要靠腳印來辨識禽獸的種類與行蹤。後來，人和鳥獸有了更深入的接觸，分清了飛的和走的，漢字中就有了「禽」與「獸」的分立。《爾雅・釋鳥》：「二足而羽謂之禽，四足而毛謂之獸。」「禽」與「擒」同源，「獸」與「狩」同源，這説明，在語言裏「禽」與「獸」分立之時，中原尚處在狩獵

時代，烹食的肉類原料是以野生動物為主的。此後，
人類分清了猛獸和馴獸，有一部分肉食的食材可以豢
養了。於是由「獸」孳乳出「畜」字，「畜」在《説
文解字》裏有一個重文寫作蓄，从茲从田。「茲」有
滋生、積累義，「畜」是豢養而積累下來的田獵物。
有豢養，就必定有放牧。狩獵與畜牧並存，人類的生
活資源有了剩餘和積存，生產力又向前發展了一步。
這是生產信息，同時也是烹飪飲食信息。漢字和漢語
反映的這些信息，在典籍的記載裏可以得到證明。
《周禮》記載，在宮廷裏掌管烹飪飲食的官宦（其實
是家奴）最高為「膳夫」，他手下有「內饔」掌管
宮廷內的飲食，「外饔」掌管祭祀及宮廷外皇親的飲
食。另有「庖人」是專管炮製肉食的，肉食的原料分
六獸（麋、鹿、熊、麕、野豕、兔）和六禽（雁、
鶉、鷃、雉、鳩、鴿），由「甸人」供應。「甸」是
郊野，這裏所說的「獸」和「禽」都是野味，經過
狩獵獲得，或有多餘，便養在郊野的園囿裏。六畜
（馬、牛、羊、犬、豕、雞），則是豢養在牢和圈裏，
可以按需取用。《周禮》記載的飲食管理的格局，與

漢字漢語詞彙的分合狀況完全吻合。這個例子説明，瞭解烹飪飲食文化，需要閱讀古代典籍、考證字詞意義的發展。也就是説，需要有一點訓詁學的常識。

我們已經在《舌尖上的中國》那些視頻裏看到了現代美食的製作，飽了眼福。在旅遊業發展的今天，只要到各處去走一走，飽一飽口福更是不成問題。除此之外，我們是否還要對那些廚藝與美食的歷史有一點瞭解，來充實一下我們的精神呢？誠如此，對中華民族的創造性，也會有更深的體會吧！

這本小書裏涉及的都是烹飪飲食最普遍的事物，包括烹飪飲食的總名、烹飪原料及其加工、調料和人的味感、烹飪方法和廚藝、炊具和食具、飲食成品的名稱、飲酒的生理、烹飪飲食的文化傳統等。每篇的內容不過平常所記，順手拈來，即興而發，沒有系統，也不求全，只是想以此喚起讀者的興趣，讓讀者對文字訓詁學的淺顯方法稍有瞭解，對古代文獻這方面的記載略加關注。早在漢代，訓詁已經由於解釋經典而登上了廳堂，希望今天，這門有用的學問不但能夠「上得廳堂」，也能夠「出得廚房」，被更多人接受和喜愛。

飲與食

　　「飲」與「食」相對而言時，前者指喝水、喝酒，後者指吃飯。《詩經・小雅・綿蠻》：「飲之食之，教之誨之。」鄭玄箋：「渴則予之飲，飢則予之食。」可見「飲」與「食」的分工。但是在很多地方，「食」有時既包括了「飲」，「飲」也有時能代替「食」。《周禮・天官》有「膳夫」之職稱，鄭玄說「膳夫」是「食官之長」，而這種官不但管吃，也管喝。《宋史・食貨志》說：「民之欲茶者售於官。其給日用者謂之食茶，出境則給券。」這裏的「食茶」即「飲用之茶」。直到現代，很多方言裏「喝茶」還說「吃茶」，「喝酒」還說「吃酒」。古代飲食通稱，還表現在「飲」也可以統「食」。《史記・高祖本紀》：「呂后與兩子居田中耨，有一老父過請飲，呂后因鋪之。」這裏的「飲」其實是吃飯。從這些跡象可以看出，在更古老的語言裏，「飲」與「食」本是不分的。恐怕待到飲料和酒的製作較成熟後，「飲」才專門針對液體而言。

　　「食」字甲骨文作🝈或🝈，畫的是個盛了食物的有蓋的簋（音軌）。簋是古人盛黍、稷、稻、粱等熟食的器具，方形，有蓋用來保溫。🝈、🝈就是「簋」的象形字。可見，「食」在古代作名詞用時，專指主

食。後來才變為泛指飯食或食物。

在殷商卜辭裏，就有「大食」與「小食」之稱。大食後來稱「饔」（音翁），甲骨文寫作𩚚，畫兩隻手從簋裏取食物。這頓飯上午八九點鐘吃，所以又叫朝食。小食後來叫作「飧」（音宣），又叫「餔」（音煲）。這頓飯下午四五點鐘吃，吃這頓飯時，天就快黑了，所以春秋時宮廷裏吃這頓飯要催請，叫作「餗」（音速），古代文獻裏都借作「速」字，所以有成語「不速之客」，就是沒經邀請就來的客人。可見起碼是殷商時代，一般是吃兩頓飯，因此「饔飧」時常連用。《孟子》中有個主張平等的許行曾說過：「賢者與民並耕而食，饔飧而治。」就是說，賢能的君主要和老百姓幹一樣的活兒，吃一樣的飯。

「食」所從的�、𠩺（簋）字，到小篆時形變作𩚊，這是訛變的結果。《説文解字》説：「穀之馨香也。象嘉穀在裏中之形。匕，所以扱之。或説皀，一粒也。」這完全是根據形變以後的字另講本義，是形與義在新的基礎上再度統一。文字學對這種現象有一個專用名詞，叫作「理據重構」。小篆的「即」、「既」、

「卿」都从「皀」。其實，考其字源，這三個字裏的「皀」與「食」下的「良」，都是⚇的變形：

「即」甲骨文、金文都作🍚，象一個人面對一個盛飯的簋坐着，因而有「靠近」、「就」的意思。

「既」甲骨文作🍚、金文作🍚，象一個人面前放着一個盛飯的簋，吃飽了回頭不顧，因而有「終了」、「完了」的意思。

「卿」甲骨文作🍚，象賓主二人面向食器對坐，所以是「饗」（音享）的本字。「饗」和「享」在上古時是有區別的，「饗」是人吃飯，「享」是神鬼吃飯。到了後代，這兩個字在「食用」義上已不分給人吃還是給神吃了，所以唐宋的祭文最後總要說一句「嗚呼哀哉，尚饗！」或「尚享！」這是請鬼神享用祭品，而字也可寫作「饗」。

小篆裏的「食」也从這個「皀」，分析字形的演化，「亼」是上面的蓋子變來的，「皀」是下面的⚇變來的。在小篆裏，「亼」是「集」的古字，「皀」當一粒米講，一粒一粒把米集起來，就成了飯食。小篆裏的「食」就是按這個理據，重新把形義統一起來的。

說

烹

「烹」字原寫作「亯」,《說文解字》有「亯」和「𦎫」兩形,它的本義是把煮熟了的食物獻給鬼神。漢代以後,它逐漸分化成三個形、音、義各異的字:

(一)讀「許兩切」(音享),字寫作「享」,主要意義是「享獻」。《說文》:「亯,獻也。」就是取的這個意義。「享獻」的相對動作是「享用」、「享受」,這些意義也都寫作「享」。

(二)讀「許庚切」(音亨),字寫作「亨」,主要意義是「亨通」,也就是「有運氣」、「順利」。這是「享獻」的引申義。

(三)讀「普庚切」(音烹),字寫作「烹」,當「煮熟」講。孫詒讓《周禮正義》說:「亨,煮也。」這個「亨」就是「烹」。

《周禮》有「亨人」之官,他的職務是「掌共鼎鑊以給水火之齊,職外內饔之爨亨煮、辨膳羞之物」。鑊(音獲)是古代的鍋,爨(音寸)是古代的竈,鑊和爨數相等,也就是有多少鍋就設多少竈眼。食物在鑊中煮熟後,放在鼎裏,獻到祭廟中祭臺上供祭祀,或放在食几上供食用。而亨(烹)人的主要工

作是掌握「水火之齊」。孫詒讓解釋「水火之齊」說：
「齊即分量之法，凡亨（烹）煮，或多洎，或少洎，
此用水多少之量也。或爛，或執，此用火多少之量
也。」也就是說，煮食物，最重要的是掌握火候和水
量。烹煮的火候與水量，既要隨着祭祀和食用的具體
要求而異，又要隨着所煮的東西而異，周代的煮食有
膳與羞兩類。膳是肉食，常用的有牛、羊、豬、狗、
雁、魚；羞是應時而有的其他自然產物，傳說可供祭
祀的羞就有一百二十種，要把這麼多的品種依不同的
要求煮熟，有時還要放上調料 —— 也就是搭配的東
西，掌握火候和水量自然是一種十分複雜的技術了。

　　「亨（烹）人」的工作必須與「內外饔」配合。
內饔是掌管宮廷內王、后和世子們的伙食的；外饔是
掌管祭祀時設計祭品的。如果沒有亨人，他們是完不
成任務的。亨人就是今天掌勺的主要廚師。

　　《周禮》這部書是反映周代禮制的，它雖然帶有
一點理想的成分，但總的說還是描寫了當時的宮廷生
活。而祭祀與吃飯又是宮廷裏最大的兩件事。可以想
像，當時的君主對這兩件事的安排是很鋪張的，因而

奠
祭

事。謂酌其長帥

凡小喪紀陳其鼎俎而實之事之謂喪

亨人掌共鼎鑊以給水火之齊鑊所以煮肉及魚腊之器。

既孰乃脊于鼎齊多少之量。脊才細反注同職外內饔之爨亯煮

辨膳羞之物主於其竈爨物之竈

鉶羹賓客亦如之祭祀共大羹大羹肉湆鄭司農云大羹不致五味也。鉶羹加鹽菜

甸師掌帥其屬而耕耨王藉以時入之以共

天官上

矣。湆去及反

《周禮·天官·冢宰》「亨人」，東漢鄭玄注，唐陸德明音義，《四部叢刊》本

也就體現出熟食的最高水平。民間的飲食自然要比《周禮》的記載簡單得多了。

烹煮是古代最常用的熟食之法，相比起來，在原始人時烤炙之法雖比烹煮發生更早，但在中國人進入新的文明時期後，烹煮在宮廷生活中代替了烤炙，特別是在祭祀時，烤炙只在柴（音柴）祭中用之，而烹煮則花樣翻新，用得很廣，所以，「烹」這個詞便與「飪」結合，發展為熟食的總名了。「民以食為天」，「烹」字與「享受」、「亨通」的字源關係，又一次證實了烹飪在人類文明生活中所起的巨大作用。

說飪

　　「飪」是古代熟食的總名，又是生熟程度的標準。《禮記·文王世子》和《論語·鄉黨》都有「失飪」之說，「失飪」即「失生熟之節」，也就是食物煮得不熟或過熟，不合標準。古代祭祀時，煮肉要煮得恰到好處，祭肉生熟程度大致有四等，「腥」是全生，「爓」（音驗）是半生半熟，「糜」是過熟，熟而不過，稱作「飪」。「腥」與「爓」都可入祭，然而至於饗，也就是到了廚房裏，供人的膳食時，就必須合乎「飪」，所以《論語》說：「失飪不食。」這說起來是個禮法，但也頗符合飲食科學：不熟，一難消化，二不衛生；過熟，一失鮮美，二失營養。熟食講究不可失飪，實在是我們祖先早有文明的一個重要表現。

　　「飪」字是古漢語中的一個重要的詞，它的同源字很多，都跟「熟」義有關。「飪」的異體字作「脤」（音任）。《儀禮·聘禮》說：「唯羹飪筮一尸。」注說：「古文飪作脤。」《詩經·小雅·楚茨》毛傳云：「亨（烹），飪之也。」《經典釋文》說：「飪，本作脤。」由「脤」生出另一個孳乳字「稔」（音荏），意思是

稻穀成熟。因為中原農作物一般是一年一熟,所以
「稔」又引申為「年」。《左傳·襄公二十七年》:「不
及五稔。」《國語·晉語》:「鮮不五稔。」「五稔」就
是五年。「稔」有時也寫「飪」,二字同源通用。「飪」
還有一個同源字,就是「胹」(音兒),「胹」也是用
火熟肉,《方言》說:「胹,熟也。自關而西秦晉之郊
曰胹。」它的字音是因為方言而略有變化,但從古音
看,與「飪」仍很接近。《左傳·宣公二年》記載一
個極端暴虐的君主晉靈公,因為「宰夫(按:廚師)
胹熊蹯(音凡)不熟」,便「殺之,置諸畚(音本),
使婦人載以過朝」,「胹熊蹯」就是燉熊掌。由此看
來,「飪」為古代熟食的總名,並與「烹」連用成為
現代熟食的總名,是源淵已久的。

說・羊

　　羊在中國素有令名，從漢字看，「祥」、「善」、「美」、「義」都從「羊」。古代吉禮用羊，卿贄用羔，都表現了對羊的讚賞褒揚。《春秋繁露》解釋人們對羊的好感說：「羔食於其母，必跪而受之，類知禮者，故羊之為言猶祥與！」文天祥的《詠羊詩》稱：「長髯主簿有佳名，䐾首柔毛似雪明。牽引駕車如衛玠，叱教起石羨初平。出都不失成君義，跪乳能知報母情。千載匈奴多牧養，堅持苦節漢蘇卿。」──一個多麼美好的義畜形象！

　　是的，羊羔哺奶時是跪下的。但這只是一種自然生態，附會到義與禮，是人的觀念所致，那是秦漢以後的事了。遠古時，人們對羊的好感，恐怕大都是實用的，《說文解字》「美」訓作「甘」，本義是味美，美貌、美好之義都已是引申義，「美」下說：「羊在六畜主給膳也。」「羸」訓「瘦」，徐鉉說：「羊主給膳，以瘦為病。」「羞」下又說：「進獻也，從羊，羊所進也。」「羨」當「貪慾」講，上從「羊」下從「次」，「次」（音延）訓「慕欲口液」，也就是今天所說的口水，望羊而流口水，是謂貪慾。凡此種種，都說明羊的價

值主要在食用。宋代的黃魯直〈戲答張秘監饋羊〉詩說：「細肋柔毛飽臥沙，煩公遣騎送寒家。忍令無罪充庖宰，留與兒童駕小車。」——黃魯直筆下羊的形象比起文天祥之寄義，則平易多了，顯出一種無辜的獲罪狀，然而「充庖宰」，卻樸素地道出了羊的真實價值。

翻開古代的藥經與食經，可以進一步明瞭羊主給膳的原因。羊肉味甘而大熱，性屬火，食後可以補中益氣，安心止驚，開胃健力。肥羊肉煮湯，如加上當歸、黃芪、生薑，對產後厥痛、大虛、帶下之病，可謂湯到病除。羊的頭、蹄、皮均可益氣，血、乳有滋中之效，羊油止痢，心、肺、腎補心，羊肝明目，連羊骨髓都是上好的滋補物。只有羊腦不宜食用，卻可以治皮膚病。羊的身上處處都是寶，食一羊而利全身，還加上，羊性成群——「群」字從「羊」，徐鉉說「羊性好群，故從羊」——便於馴養和繁殖，其類必多，它在食用畜中居首位，是毫不奇怪的。

中國古代關於食羊的記載很多，許多傳聞及逸事頗具情趣，這裏介紹兩則。《清異錄》記載：竇儼

眼睛有病，快到失明的地步，遇良醫，勸他多吃羊眼，寶儼就天天吃羊眼湯，一直到死，其家人把羊眼湯稱「雙暈羹」，世人則稱「學士羹」。《青州雜記》載：熊翻每次請客，飲酒至半，總要殺一隻羊，讓客人自己割取喜歡的部位，然後用各色彩線繫上記號，等蒸熟了，自己憑彩線認取，用竹刀切食，稱作「過廳羊」。——這些故事，都說明食羊的普遍。只是羊肉性熱，只宜冬春食用，產地大部在西北多草地帶，所以肉食的首位在現代已被豬肉取代了。

說雞

　　現代菜餚中，雞是最常用的禽肉原料，不論是宴會還是家常，雞都是禽肉中食用頻率最高的。除雞肋被稱作「食之無味，棄之可惜」的下品食料外，雞翅、雞爪以至雞臀（俗稱「雞尖」）、雞冠，無不有人視為美食。雞胗、雞肝、雞腸，亦不失為佳品。何況還有中外慣食的雞蛋，使雞在供膳方面的功勞又加一等。

　　但是，中國古代雞在人類熟食品中的地位不如鴨、鵝。《周禮》所載之「六牲」，包括馬、牛、羊、豕、犬、雞，但這是供祭祀用的，其中馬是耕田役畜，雞是司晨鳴禽，起碼這兩樣，祭祀的意圖恐怕不單純是飽祖宗口福的。而所說的供活人食用的「六膳」，則包括牛、羊、豕、犬、雁、魚（其中的雁指的是鵝）。《周禮》食醫之職有「會膳食之宜」一項，何謂宜？講究的是「牛宜稌（音途），羊宜黍，豕宜稷，犬宜粱，雁宜麥，魚宜苽（音姑）」，以肉類配穀類，以求涼熱中和，口味適宜。這六種肉類不包括雞肉。

　　雞在食用上的知名度顯然不如鵝、鴨，但它在

古代另有兩方面的社會功效：

　　一是司晨——「塒雞識將曙，長鳴高樹顛」（梁簡文帝〈雞鳴篇〉），「深山月黑風雨夜，欲近曉天啼一聲」（崔道融〈雞〉詩），「老人從此知昏曉，不用元戎報五更」（陸游〈新養白雞毛羽如玉殊可愛〉詩），「明朝舂黍得碎粒，第一當冊司晨功」（陸游〈新買啼雞〉詩）……它的啼聲驅走了暗夜，迎來了曙光，慰藉了無告的老人，催促着勞動和豐收，它在詩人筆下的形象是勤奮的象徵與光明的使者，豈忍讓它在湯鼎裏爛透和油鍋裏炸焦！

　　二是戲鬥——請看三國魏劉楨的〈鬥雞詩〉：

　　　丹雞被華采，雙距如鋒芒。願一揚炎威，會戰此中唐。利爪探玉除，瞋目含火光。長翹驚風起，勁翮正敷張。輕舉奮勾喙，電擊復還翔。

這又是何等威武的形象！可惜這好鬥的性格不過是供人戲耍。「博弈非不樂，此戲世所珍」（應瑒〈鬥雞詩〉），鬥雞只不過是比下棋更刺激的一種遊樂，在

訓練思維、開放智力方面，鬥雞則遠比不上下棋，所以，雞在鬥場上的形象本無英雄可言，僅足以提高它的知名度吧！

周代宮廷少食雞肉，的確與它能司晨有關。李時珍《本草綱目》說：「古人言雞能辟邪，則雞亦靈禽也，不獨充庖而已。」辟邪也是由司晨而來。其實，能司晨者只有公雞，至於母雞，「牝雞司晨」一向為古代所忌諱，又上不得鬥場，本是以食用為第一社會效用的。但牝雞能生蛋，事關繁衍，因之也列為「靈禽」，實在不算過分。

雞一名「燭夜」——照亮暗夜，頗具詩意。徐鉉說：「雞，稽也，能考時也。」這個名源恐怕不準確。「雞」古音在「見」紐「支」韻，擬音 kie，正以其鳴聲而得名，聯繫到「鴨」在「影」紐「葉」韻，擬音 eap，「鵝」在「疑」紐「歌」韻，擬音 ŋa，都與它們的鳴聲有關。所以「雞」、「鴨」、「鵝」三種家禽之命名，均以鳴叫聲為詞，是為原生詞。漢語中以鳴叫聲來為動物命名的，諸如「蛙」、「知了」、「蟈蟈」、「蛐蛐」、「鷗鴰」之類，實非少數，也都是以

鳴叫聲為語音的原生詞。

雞類非常繁多，五方所產，大小形色各異，食性也不一樣，但味道大都鮮美，供膳者有之，供藥者亦有之，營養學家應過細選擇。不過，現代市場上的雞，多為大批量、快速飼養，品種已很單調，恐怕不足以建立一門「食用選雞學」了。

說鴨

　　鴨與雞、鵝一樣，也因其鳴叫聲而命名。鴨聲短促，聲中似有嗝噎，所以「鴨」字古音在「影」紐「葉」韻，擬讀 eap，是入聲，人們常把說起話來喉嚨裏總像噎着什麼似的人叫「公鴨嗓」，正說明鴨叫時有嗝噎的特點。「鴨」與「鴉」古音有別，「鴉」字是「影」紐「魚」韻，擬讀 ea，平聲，沒有一個閉口的 p 韻尾斷後，細聽鴉叫，聲音可以延長，不似鴨聲那麼讓人感到壓抑。

　　《廣雅》說：「鳧、鶩，鴨也。」鳧是野鴨，鶩是家鴨，在動物的定名上，他們的區分是嚴格的。《春秋繁露》記載：有一次，張湯問董仲舒：祠宗廟的時候，有人以鶩當鳧，是否可以？董仲舒說：「鶩非鳧，鳧非鶩也。……臣仲舒愚以為不可。」可見家鴨與野鴨祭祀時在名分上是不可錯的。鶩是家鴨，可資證明的訓詁材料很多：《儀禮‧士相見禮》注：「庶人之摯鶩。」《經典釋文》：「鶩，鴨也。」《爾雅‧釋鳥》舍人注：「鶩，家鴨名也。」《周禮‧大宗伯》注說到鶩時講過：「取其不飛遷。」而疏更明確地說：「鶩即今之鴨。」《禮記‧曲禮》注說得更清楚：「野

鴨曰鳧，家鴨曰鶩。」⋯⋯這似乎已經可以定論了。

壞在唐代著名詩人王勃膾炙人口的〈滕王閣序〉的名句上。王勃寫道：「落霞與孤鶩齊飛，秋水共長天一色。」——能飛的當然不是家鴨，「鶩」的所指因此又成了問題。其實，鶩還是家鴨，因為馴養的家鴨兩翅退化，行動舒緩不能飛翔，所以又稱「舒鳧」（正如鵝又稱「舒雁」），還稱「家鳧」；而野鴨又可稱「野鶩」。文學作品裏由於聲律和修辭的原因，鶩與鳧的稱謂不那麼嚴格，往往通用或互用。除〈滕王閣序〉外，楚辭名篇〈卜居〉也有「寧昂昂若千里之駒乎，將泛泛若水中之鳧⋯⋯寧與黃鵠比翼乎，將與雞鶩爭食乎」的句子，也以鳧、鶩互用，說的是家鴨還是野鴨，實在無須去細細分辨！

　　但是，就烹飪說來，家鴨與野鴨還是要分別估價的。中國古代充膳主要是用家鴨。《左傳》記載：齊國慶封專權，盧蒲癸、王何等人想挑撥慶封和諸大夫的關係，就採取了減食的辦法。齊國規定，大夫的公膳每日雙雞，盧、王讓食人偷偷改成鴨，上菜的時候，又把鴨肉扣下，只上湯汁，因此惹惱了齊國的大

夫。可見，食鴨在當時已是常膳，只是鴨的地位在齊國不如雞。而古代所謂「金羹玉飯紅臘紫梨」的「金羹」卻是鴨子，看來又比雞更名貴。鴨肉肥甘，性略冷，熱病炎症者宜食之，勝過食雞，尤以黃雌鴨最勝。白鴨又比黑鴨肉更佳，可以補虛，除客熱，和臟腑，解丹毒。白鴨與大棗合煮，加以陳酒，稱作「白鳳膏」，對去腹水有奇效。黃芪鴨子更是著名的食療佳餚。可惜今天的人們一味貪食吊爐烤鴨和醬鴨、板鴨，對鴨的營養療疾作用，不那麼留意了。

　　野鴨居水好沒，又稱「沉鳧」，因常以晨飛，俗訛「沉鳧」為「晨鳧」。往往數百為群，飛聲如風雨，所到之處，稻粱一空，是一種害鳥。但它肉味鮮美，比之家鴨更令人嚮往。其中的綠頭鴨最宜食用。傳說海上有一種冠鳧，頭上有冠，是石首魚所化，冬月取之，極是美食。所以，野鴨早在古代便為獵手們所矚目。就是現代，逐射野鴨仍然是嗜獵者們的樂事。野味市場上常有倒掛的野鴨，吸引着想換口味的美食家們慷慨解囊。看來，家鴨與野鴨風味各異；鳧也罷，鶩也罷，都逃不出饕餮客的庖廚與餐桌。

說鵝

「鵝」字古音 ŋa，正是它的鳴叫聲。李時珍説：「鵝鳴自呼。」這是因為人們以它的鳴叫聲命名，鵝一叫，倒像是自己在呼叫自己的名字。唐代詩人駱賓王七歲作〈詠鵝〉詩：

鵝鵝鵝，曲項向天歌。
白毛浮綠水，紅掌撥清波。

在孩子的眼中，綠水中的白羽，微波裏的紅掌，構成了一幅色彩斑斕的游禽圖。更妙的是那三個連呼的「鵝」，既像是孩子在岸上歡呼着那美麗的動物的名字，又像是那美麗的動物在昂首傲然地高歌着 ŋa —— ŋa —— ŋa ——

鵝是傲慢的，綠眼、黃喙、霜毛、玉羽、紅掌，高高地昂頭向天，《爾雅》注説它「峨首似傲，故曰傲也」，「鵝」、「傲」古音近似，這是用聲訓來推究「鵝」的命名來源，推得雖不準確，卻也道出了鵝在外形方面的一個易為人捕捉的特點。鵝是一種蠻厲害的家禽，能看門警盜，又能除蟲卻蛇，中國古代

常用它來保障小門小戶的安全。

古代鵝以雁名。《周禮》載膳夫「膳用六牲」，指的是牛、羊、豕、犬、雁、魚，雁實際是鵝。《莊子·山木篇》說：「命豎子殺雁而亨（烹）之。」殺的其實是鵝。《說苑·臣術篇》：「公孫支遂歸，取雁以賀。」取的也是鵝。《漢書·翟方進傳》：「有狗從外入，齧其中庭群雁數十。」所齧仍是鵝……《爾雅》：「舒雁，鵝。」李巡注：「野曰雁，家曰鵝。對文則鵝與雁異，散文則鵝亦謂之雁。」這就是在古書中稱鵝為雁的訓詁上的原因。鵝與雁確實類似，都有蒼、白兩種，停棲下來很難分清。但家養的鵝兩翅已經退化，行動緩。它美麗、傲岸、忠誠、警惕，卻已失去輕捷機敏，不能如鴻雁一般，應時群集而南北飛翔了。

鵝在周代就已是六牲之一，可見它充祭壇和充庖廚為時都早。中國古代講究用穀類來配肉類，「雁宜麥」──鵝肉是用來配麥的。賈公彥疏說：「雁味甘平，大麥味酸而溫，小麥味甘微寒，亦是氣味相成。」這個說法，和《本草》的說法是一致的。鵝的

釋鳥第十七

寶龜　書曰遺我大寶龜
下潛伏見
龜策傳
火龜猶火鼠耳物有合異氣者
不可以常理推惡亦無所怪

五曰文龜　甲有文彩者河圖曰……丹甲青文
六曰筮龜　著養常在……
七曰山龜　八曰澤龜　九曰水龜　十曰火龜　生之處所

佳其鵁鶄　今鶴鷗鶬九骨鴇……

鶌鳩鶻鵃……

鸒斯鵯鶋……

舒鳧鶩也

舒鴈鵝

《爾雅·釋鳥》「舒雁」，晉郭璞注，《四部叢刊》本

肉肥碩飽滿，即使兩肋的肉，也不像雞肋那樣「食之無味，棄之可惜」。食鵝能解五臟熱，患有炎症的病人，不宜食雞，而宜食鵝。鵝卵有補中益氣的作用，比雞蛋性溫，也好消化。鵝油既可潤膚防皺，又可和麵作酥食，鵝油酥比豬油製品細膩鮮美。兩廣的燒鵝、江淮的鵝油卷兒，都是馳名中外的名菜名點，所以，養鵝實在是一項極好的家庭副業，經濟效益不亞於養雞。只是鵝宜依水而居，除江、河、湖、塘地域，養鵝是難以普及的。

在一般的飲食領域，白鵝比蒼鵝肉更嘉美，老鵝比嫩鵝營養價值更高。嫩鵝性冷，多食易發痼疾，但解熱消炎卻有效果，宜給高燒的病人補身。鵝的尾肉叫膵（音翠），《禮記・內則》說舒雁膵不可食，除了氣臊可厭外，還因其略有毒性。只是現代燒鵝反而將膵留下，以滿足一些特殊口味的人食用。膵多肥油，少吃亦無大礙。

鵝的勃勃生姿與極佳的美味，在詩人看來，是一對矛盾：留而安之？殺而食之？呂溫〈道州北池放鵝〉詩：「我非好鵝癖，爾乏鳴雁姿。安得免沸鼎，

澹然游清池。見生不忍食，深情固在斯。能自遠飛
去，無念稻粱為。」──但這畢竟是中國古代詩人的
想法了，據說現代的價值是強調直接效益的，那麼，
鵝的第一效益當是營養和美味，呂溫放生的「鵝道主
義」，看來是不會有人奉行的。

說蟹

蟹的腿多，名也多。李時珍《本草綱目》說：「傅肱《蟹譜》云：『蟹，水蟲也。』故字從蟲，亦魚屬也，故古人從魚。以其橫行，則曰螃蟹；以其行聲，則曰郭索；以其外骨，則曰介士；以其內空，則曰無腸。」──名是針對特點取的，蟹的雅號這樣多，說明它的特點顯著。

蟹的特點確實很多，是一種極富個性的動物，所以時常入畫入詩，僅僅一個橫行，便是詩人們創作的好材料。且看黃魯直的詠蟹詩：

怒目橫行與虎爭，寒沙奔火禍胎成。

雖為天上三辰次，未免人間五鼎烹。

──對於那些爭勝好強、飛揚跋扈而終招禍害的人，蟹是一種極好的寫照。

在蟹的許多特點中，美味又是它受到人們重視的一大特點。中國吃蟹的歷史很早，《周禮》庖人「共祭祀之好羞」，鄭注：「謂四時所為膳食，若荊州之鮮魚，青州之蟹胥。」胥是醬，古人又稱醢（音

海）。所以，最晚是漢代，蟹已為常膳之一。蟹的種
類也很多，平時常見的是蝤蛑（音尤謀）；還有一種
叫擁劍，以螯大似兵刃而得名，其中有一種一螯大
一螯小的，用小螯謀食，用大螯自衛，稱為桀步；
最小而無毛的是蟛蜞（音彭滑），這幾種都可供食
用。另有一種蟛蟇（音奇），也有二螯八足，比蟹小
些，生長在海邊，是不能吃的。《世説新語》記載：
蔡謨初渡江，不認識蟛蟇，誤當螃蟹吃了，差一點
死去。後來他向朋友謝仁祖説及此事，謝仁祖説：
「卿讀《爾雅》不熟，幾為〈勸學〉死。」意思是説
蔡謨未能從《爾雅》裏得到區別蟹與蟛蟇的知識，
只因《大戴禮記·勸學》有「蟹二螯八足」之説，
憑螯足誤識蟛蟇，差點送了命。所以，海邊的人捕
蟹吃蟹，都得小心為之。

　　蟹性寒，北方人拆而食之，都要伴一點薑，黃
魯直所言：「解縛華堂一座傾，忍堪支解見薑橙。」
（〈秋冬之間鄂渚絕市無蟹今日偶得數枚吐沫相濡乃
可憫笑戲成小詩三首〉其三）雅士則伴酒而食，蘇軾
所言：「半殼含黃宜點酒，兩螯斫雪勸加餐。」（〈丁

公默送螃蜞〉詩）這都是為了去寒。蟹時常腌藏，用來下酒。李時珍《本草綱目》說：「凡蟹生烹，鹽藏糟收，酒浸醬汁浸，皆為佳品。」他還介紹了多種藏蟹的方法：蟹「久留易沙，見燈亦沙，得椒易䏶（音職）」，而「得皂莢或蒜及韶粉可免沙䏶，得白芷則黃不散，得蔥及五味子同煮則色不變」。加工後的蟹稱蝑（音須）蟹，可以收藏起來，擇時食用。

關於蟹的名稱來源，說法很多：一說因蟹「每至夏末秋初，則如蟬蛻解」，所以稱蟹（寇宗奭說）。這個說法似太迂曲，即使蟹真有蟬蛻的生性，恐怕也難以為常人所見。大約還是通俗的說法對：蟹食用時輒肢解，所以叫蟹。唐宋時，北方人因蟹要剝食，吃時得先洗手，所以又把蒸蟹叫「洗手蟹」。洗手蟹就是洗了手拆解。

蟹悉悉索索以八足橫行，口吐白沫，而螯似在斫雪，它渾身是堅脆的殼，牝者團臍，牡者尖臍……具有如此眾多的怪異現象，而人們卻能發現了它的鮮美，人類發掘食料的能力實在太強了！

說
蚌

　　蚌是我國最早食用的水產之一。《周禮・天官》記載：「鱉人掌取互物，以時籍（音策）魚、鱉、龜、蜃，凡貍（音厘）物。春獻鱉蜃，秋獻龜魚。祭祀共蠯（音皮）、蠃（音裸）、蚳（音持），以授醢人。」而「醢人」所掌的「饋食之豆」有八，即葵菹（音追）、蠃醢、脾析、蠯醢、蜃、蚳醢、豚拍、魚醢。這些記載表明，古代的蚌是和魚、甲魚等一起製成祭品以充祭祀的，同時也供宮廷內食用。

　　古代的蚌，大的叫蜃，小的叫蛤（音鴿），蛤又名蠣（音麗），是圓的，長的則稱蠯，都能食用。這些軟體動物都有一雙對稱的外殼，所以都稱互物（互有「相對」之義），又稱甲兩（音門，兩有「相當」之義）。又因為它們埋藏在泥中，到了春天，鱉人從泥裏把它們挖出，所以叫「貍物」。蜃早在遠古就在人類生活中起着十分重要的作用了，商代的金文裏有𧴪字、𧴪字，甲骨文作𠨥形、𠨥形，這就是十二地支中的「辰」字，也就是「蜃」的古字。可以看出，原先畫的是帶殼的軟體蚌蛤，以後變形似犁頭般的農具。文字記載着古代的生活 —— 蚌肉可以吃，而

蚌殼則經過打磨後，可以用作農具。《淮南子‧氾論訓》說：「古者剡耜而耕，摩蜃而耨。」這使我們理解，蚌為什麼又叫「蠣」，俗稱「蛤蠣」。那是因為源於「礪」，礪是磨石，派生出需要打磨的蠣名來。我們還因此而理解，「農」、「耨」都從「辰」，也是因為「蜃」曾作過農具。由此當然可以推想，如果不是人們在農耕開始以前就知道食蚌，便不會想到用蚌殼作最早的農具！

傳說蜃與蛤都是鳥變的。《國語‧晉語》說：「雀入於海為蛤，雉入於淮為蜃。」《說文》說：「蛤，蜃屬。有三，皆生於海：厲，千歲雀所化，秦人謂之牡厲；海蛤者，百歲燕所化也；魁蛤一名復累，老服翼所化也。」（依段玉裁《說文解字注》文）翩躚翺翔的燕雀，投入恣肆汪洋的大海，化作外殼緘閉的蚌蛤，這給蚌染上了一點神秘色彩，也給食蚌增添了雋永的詩意。

蚌製成醢（醬），大約曾是一種鮮美的食物，可惜今天民間已經很少有人這樣烹食了。現代人吃蚌肉，多半是將牠帶殼煮熟，使蚌殼張開，調以薑醋，

饒有風味。蚌肉含高蛋白，營養也極豐富。南方的水產公司將豐產的蠣去殼，肉製成乾兒，叫作淡菜，淡菜是一種清肺降壓的好食品，愛吃的人很多，但人們都不知道它為什麼叫淡菜。明代郎瑛在《七修類稿》裏曾談到，他見杭州人食蚌肉稱食淡菜，最初以為「淡」是「啖」的同音借用字，「啖」當「吃」講，雖勉強可解，但明明是軟體動物，為什麼叫「菜」呢？他還是不懂。郎瑛又曾見《昌黎集》（唐代古文家韓愈的文集）記載孔戣（音葵）為華州刺史時，奏請免掉明州歲貢淡菜，「淡菜」也是寫這兩個字，更為使他不解。後來，他考證到南海取珠者名「蜑（音但）戶」，珠取於蚌，「淡」與「蜑」在上古雙聲，韻很近。「淡」韻收 -m，「蜑」韻收 -n，但宋元以後，-m 已逐漸變為 -n，蚌名「蜑」而寫作「淡」，是因為宋元以後的口語中，「淡」成了「蜑」的同音借字。蚌肉是取珠人的常食，賤之如菜，所以叫淡菜。他的說法頗有根據。元代的陶宗儀在《南村輟耕錄》中記載：「廣海采珠之人，懸縆於腰，沉入海中，良久得珠，撼其縆，舶上人挈出之。葬於黿鼉蛟龍之腹者，

比比有焉。有司名曰烏蜑戶，蜑音但。」看來取蚌採
珠當時是個危險的職業，而從事這種職業的人確實
以「蜑」命名。《說文·虫部》新附字裏有「蜑」字，
訓作「南方夷也」。正如北方以牧羊為業者名「羌」
一樣，南方以採蚌為業者稱「蜑」，都以其畜養獲取
之物命名。這正是蚌名「蜑」而寫同音字「淡」的
明證啊！

說・白・菜

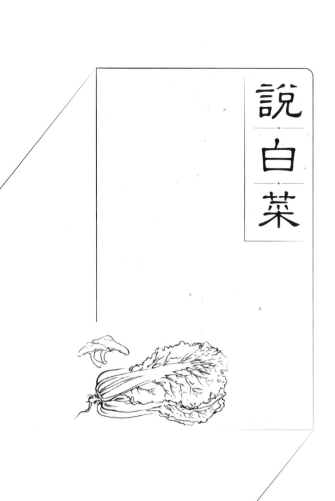

　　白菜，古代的學名叫作「菘」（音鬆）。《本草·菜部》列入「別錄上品」。李時珍說：「菘，即今人呼為白菜者。」如果說得更準確一些，菘有兩種：一種是白菘，葉大，根小，根不能吃；一種是紫菘，開紫花，根似蔓菁，又稱蘆菔（音服）。白菘才是今天的白菜。古代典籍記載，唐代以前北土無菘菜，是從南方移植到北方的。但唐代以後北方的菘菜生長極佳，超過了它的原產地。

　　菘菜列為上品，是因為它的莖葉甘、溫、無毒，可以通利腸胃，除胸中煩悶，解酒渴；又可消食平氣，止熱解嗽。冬天的白菜尤佳，和中，利大小便。它的籽也甘、平、無毒。而且產量也很高。李時珍《本草綱目》說：「菘即今人呼為白菜者，有二種：一種莖圓厚微青，一種莖扁薄而白。其葉皆淡青白色。燕、趙、遼陽、揚州所種者，最肥大而厚，一本有重十餘斤者。」所以，菘列為上品，是不奇怪的。《南齊書》裏記載過兩個故事，都與菘菜有關：一個是，衛將軍王儉曾經去拜訪武陵王蕭曄，蕭曄留王儉吃飯，席間並無珍貴菜餚，僅有菘菜鮑魚而已。王儉

餐桌上的訓詁

叅之即好勿令四眼人
見陸氏續德堂方

卷二十六

菘別錄
上品

釋名白菜 時珍曰按陸佃埤雅云菘性凌冬晚凋四
時常見有松之操故曰菘今俗謂之白菜
其色青
白也

集解 弘景曰菘有數種猶是一類止論其美與不美
菜中最為常食宗奭曰菘葉如蕪菁緑色差淡
其味微苦葉嫩稍闊頌曰揚州一種菘葉圓而大或
若箑煠之無滓絕勝他上者疑即牛肚菘也時珍曰
菘即今人呼為白菜者有二種一種莖圓厚微青一
種莖扁薄而白其葉皆淡青白色然趙連陽揚州所
種者最肥大而厚一本有重十餘斤者南方之菘畦
内過冬北方者多入窖内燕京圃人又以馬糞入窖

《本草綱目·菜之一》，明李時珍撰，《四庫全書》本

認為這正是他以真誠相待，所以吃得很暢快，盡歡而去。另一個是，周顒隱居在鍾山，文惠太子問他：「菜食裏什麼味道最勝？」周顒回答說：「春初早韭，秋末晚菘。」──這兩個故事，前一個可見菘菜並非貴重之菜，是不大值錢的；後一個又可見菘菜滋味嘉勝，是秋冬的美食。

白菜所以名「菘」，也有它的來源。陸佃《埤雅》說：「菘性陵冬不凋，四時長見，有松之操，故其字會意。」這個說法很有根據。一想起白菜就是草本的松，再想起「歲寒，然後知松柏之後凋」的說法，那麼，在大雪紛飛的冬天，端上一海碗白菜湯來，便會在美食之外，增加更濃的詩意呢！

說
蔥

　　蔥是現代菜餚重要的佐味品，北方很多地區還直接當生菜食用，極為普遍。中國古代食蔥的歷史很早。《荀子·哀公篇》說：「夫端衣玄裳、絻（音問）而乘路者，志不在於食葷。」楊倞注：「葷，蔥薤（音械）之屬也。」這說明，蔥在古代屬葷菜（即辛辣有味兒的菜），而且是常饌之菜。古人在幾種情況下是不食葷的：一是佛門、道門不用葷菜，他們認為蔥、蒜、韭、薑這些辛辣之菜刺激味太大，會壞人心性，所以不吃；二是祭祀、齋戒時不食葷。《莊子·人間世》：「顏回曰：『回之家貧，唯不飲酒、不茹葷者數月矣。若此，則可以為齋乎？』這是古代齋戒不吃蔥、蒜等臭菜的明證。《論語·鄉黨》記載，齋戒要「變食」，禁葷物，唯獨不撤薑食。因為在葷菜中，蔥、蒜、韭都有濁氣，唯獨薑氣清。由此看來，蔥在古代的葷菜中也不是上等品。

　　但是在藥用植物中，蔥卻有相當高的地位，蔥的別名是「菜伯」、「和事草」，李時珍說：「蔥初生曰蔥針，葉曰蔥青，衣曰蔥袍，莖曰蔥白，葉中涕曰蔥苒（音染）。諸物皆宜，故云菜伯、和事。」從療

病的功能看，蔥白最有價值。古代食與醫並舉，這大約是蔥雖有很大濁氣卻仍為古人常饌的主要原因吧！

蔥的命名很有意思，它是因中空而貫通的形狀特點而稱作「蔥」的。《本草綱目》記載，蔥還有一個名字叫「茐」（音溝），因其葉中空有孔而得名。考察「蔥」的同源字，可以看出它命名的理據。「窗」和「牕」都與「蔥」同源，前者相當於今天的天窗，後者相當於今天的壁窗，它們都是房屋的通風孔。耳聽通徹叫「聰」，引申為聰明。古人認為人的聰明即是腦洞或心竅的通徹，所以，「聰」也和「蔥」、「窗」、「牕」同源。《釋名・釋宮室》說：「牕，聰也。於內窺外為聰明也。」有一種可以作照明用的麻桿叫「熜」（音總），一想就能明白，它和「蔥」一樣，也是因中空貫通而得名。從這一系列的同源字中可以看出：莖、葉中空的植物；上下通風的窗口；內外貫通的靈性，雖然是如此不同的東西，命名的理據卻是一樣的。

生蔥的味道很少有人稱道，但過油的蔥香卻很能激發人們的食慾，而蔥的顏色、形狀又常為文學家

用來形容美好的事物。《禮記‧玉藻》有「三命赤韍
（音忽）蔥衡」的記載，以「蔥」代蒼青之色，〈江賦〉
的「蔥蘢」、〈射雉賦〉的「蔥翠」，都用「蔥」形容
一種翠玉般的青色。著名的漢樂府《古詩為焦仲卿妻
作》形容劉蘭芝「指如削蔥根」，使人由蔥根聯想到
那纖細嫩白的五指……這些都增添了蔥的價值，也
給食用蔥染上了一縷詩意，而在許多菜餚中，蔥的濁
氣正是提味兒不可缺少的啊！

說薑

　　薑，《説文》寫作「薑」，是一種亦食亦藥的植物。薑與蔥、蒜、韭同屬葷辛之菜，但它主逐風濕痹、腸澼（音闢）、下痢，對人體極有益，所以，它在調味的菜蔬中有着獨特的地位。《論語·鄉黨》記載，周代食禮中，晚上是忌服辛辣而有刺激味的菜的，唯獨「不撤薑食」，姚鼐説是因為「蔥韭之類氣皆濁，不若薑之清」。王安石《字説》也説：「薑能疆禦百邪，故謂之薑。」他對薑命名的來源解釋未必正確，可「禦百邪」之説，還是有根據的。

　　李時珍《本草綱目》辨別薑的生長炮製，把它分作母薑、子（紫）薑、乾薑、生薑四種：

　　母薑是成熟的薑，可以食用，也可作種植的宿根，宜種於原隰沙地，陰曆四月開種，霜後則老，所以有「秋熱後無薑」之説。

　　母薑栽種後，新芽長出，如列指狀，嫩而無筋，初生時薑尖微紫，稱作「紫薑」。因為母薑所生，俗訛「紫」為「子」，稱「子薑」，也很有道理。

　　陶弘景説，取母薑，「水淹三日，去皮置流水中六日，更刮去皮，然後曬乾，置瓷缸中釀三日」，這

就是乾薑。也有簡易之做法，只要在長流水中洗過曬乾就成了。乾薑多半取成熟了的薑造成，入藥都是用這種炮製過的乾薑。

如果造乾薑時取尚未成熟的嫩薑而造之，就叫生薑。現代人以不曬乾的薑都叫生薑，與古代不合。古代的生薑是乾薑的一種，《本草經》說藥用乾薑「生者尤良」，「生者」指嫩的乾薑，而不是未乾的薑。

母薑、子薑、乾薑、生薑的食性是不盡相同的，所以用法各異。舉幾個古代食療的配方就可以看出：治胃弱症可「用母薑二斤，搗汁作粥食」，或「用生薑切片，麻油煎過為末，軟柿蘸末嚼咽」。兩個配方，前一個指明要母薑，而且不是乾薑；後一個指明要生薑。還有一種治冷痢的食療法：「生薑煨研為末，共乾薑末等分，以醋和麵作餛飩（按：這是沒有餡的湯餅），先以水煮，又以清飲煮過，停冷，吞二七枚，以粥送下，日一度。」這裏以生薑與乾薑共用，足見其性能之各異。

薑不但食性對人體有益，而且有很好的味道，魚肉非薑而不能出味。自古以來，薑就是庖廚中不可

缺少的調和之物，南方北方皆用之，所以才被稱為「和（按：指調和）之美者」。

　　薑為什麼稱「薑」，有人說它來源於「疆」，疆是邊境，薑是表藥，可使濕氣發散出來，詞義「邊」、「表」相通，所以以「疆」得名。這個說法未必可靠。古人理解薑的藥性，恐怕是稍後之事了，未必能作為命名的理據。「薑」與「麠」、「鱷」、「彊」、「韁」、「勥」同源，它們的共同特點是強大：鹿之大者稱「麠」（音經），魚之大者稱「鱷」（音鯨），弓之強者稱「彊」（音強），馬之牽繩最剛韌，因而稱「韁」（牛繩稱「紖」〔音陣〕，狗繩稱「緤」），強大的力量稱「勥」……那麼，辛味濃烈的菜稱「薑」，也就容易理解了。

說蒜

蒜是最典型的葷辛之菜，不論是道家還是佛家，都把它作為「五葷」之一。中國土生的蒜稱為「小蒜」，張騫出使西域得來一種蒜，叫作「葫」，是謂「大蒜」。還有一種野生的小蒜，稱為「山蒜」，又名「澤蒜」或「石蒜」。

蒜味濁臭。據說宋代的著名詩人范成大來到蜀地，苦被蒜熏，作詩文譏諷之。而元代的王禎卻說：「（蒜）味久不變，可以資生，可以致遠，化臭腐為神奇，調鼎俎，代醯（音希）醬。攜之旅途，則炎風瘴雨不能加，食餲（音壓）臘毒不能害。夏月食之解暑氣，北方食肉麵尤不可無，乃食經之上品，日用之多助者也。」——范成大是吳縣（今屬江蘇省）人，王禎卻是東平（今屬山東省）人，兩個人的絕然不同的反映，正說明東南沿海地方惡蒜與北方人嗜蒜，風俗差別很大。

其實，惡蒜與嗜蒜都有片面性。蒜味雖濁臭，但放在魚肉中反而能掩腥臭；雖性熱，但它的辛辣味卻有助於散熱。南宋葉夢得所著《避暑錄話》說：有人暑月騎馬趕路，中暑倒在地上，王相讓人用大蒜和

道上的熱土研爛，再加一盞水，取出汁液，撬開牙齒灌下去，沒過多久那人就醒過來了。所以，唐宋時代的官差信使出遠門都隨身帶一包蒜。蒜還可以止鼻血。有人鼻衄（音忸）不止，李時珍曾取一枚獨頭蒜搗碎貼在其腳心，血很快就止住了。所以，說蒜是「食經之上品」，亦不為過：燒魚炒肉不可缺，北方人夏天吃涼麵，蒜也是不可缺的，這不但是調味需要，而且是食療使然。不過，蒜也不是有益而全然無害的，它性熱能助火，吃多了傷肺損目，昏神伐性，對人體是不相宜的。

「蒜」字從「祘」（音算），又有寫成「茆」（音卯）的，應當是形似的訛字。有人認為「祘」與「卯」象蒜的根鬚，這說法不準確。無論從食用或是藥用出發，造「蒜」字都不會突出它的根鬚。「祘」是聲符，它與「筭」、「算」同源。《說文解字》：「祘，明視以筭之……讀若筭。」「筭，長六寸，計歷數者。」「算，數也……讀若筭。」——這組同源字的核心意義是「計算」、「算數」，反映的是古代的籌算，蒜是多瓣的，形同聚在一起的算籌，因此從「祘」得聲，

可見古人對蒜的特點的細緻觀察。

　　說起蒜，還有一種頗具詩意的菜，值得一提。唐代在元旦立春時要吃一種五辛菜，是把蔥、蒜、韭、薤（音械，即藠〔音橋〕頭）、葰（音須，即芫〔音元〕荽、香菜）五種辛辣菜之嫩者雜和而食，可以消食下氣，這種菜的名稱以「辛」諧「新」音，取除舊迎新的意思。杜甫〈立春〉詩說：「春日春盤細生菜，忽憶兩京梅發時。盤出高門行白玉，菜傳纖手送青絲。巫峽寒江那對眼，杜陵遠客不勝悲。此身未知歸定處，呼兒覓紙一題詩。」詩中所說的「春盤」就是這種五辛（新）盤，盤中蒜白韭綠相映，煞是好看呢！

說甘甜

　　烹飪的要義一是求熟，二是調味。「味」字從「未」。《說文解字》說：「未，味也。六月滋味也。五行木老於未，象木重枝葉也。」這是附會東漢讖緯之學陰陽五行的說法。但「味」由「未」孳乳的說法還是可信的。郭沫若說：「釐」從「未」，其形可作黍，即「穗」的古字，「未」即「采（穗）」字。這個說法很有道理。古人以「禾」為「和」，以「穗」為「味」，道理是一樣的。中國烹食中的味是調和的結果，如同大自然的各種因素綜合作用於禾苗使之抽穗。

　　酸、甜、苦、辣、鹹，稱作「五味」，這是五種單一的味感。其中的「甜」古代為「甘」。五味可以分成三組，「酸」與「辣」是由酒中體會出來的。「鹹」與「苦」是由鹽裏體會出來的。這四種味感如不調和，進到人的嘴裏，都感到較強烈的刺激性，與這兩組味感相對立的是「甘」。

　　從漢字的構形看，「酸」從「酉」，「辣」在《說文》中作「𧭈」（音新，即「辛」的本字），從「𠾍」（音唱），「酉」、「𠾍」都標識酒。「鹹」從「鹵」，

「苦」即「鹽」（音古），都與鹽有關。它們的構形，都以這種滋味最濃烈的釀造物與提取物作為標志。唯獨「甘」及由它孳乳出的「甜」，直接從「口」或從「舌」。「甘」字從「口」含「一」，「一」是個指事符號，指出味在口中，「甜」字從「甘」從「舌」，表示舌所感受。從這裏可以看出，「甘」與「甜」不與其他四味並列，而是與四味總體相對。

「甘」是不帶任何刺激的正味。《春秋繁露》說：「甘者，五味之本也。」漢代以五行配五味，總是用中央「土」來配甘。《素問》注說：「凡物之味甘者，皆土氣之所生也。」

這就是說，「甘」是入口後不會引起刺激的一種味道，口舌對它非常適應，因而沒有任何阻滯的反應。因此，《莊子·外物》說：「口徹為甘。」《淮南子·原道》說：「味者，甘立而五味亭矣。」這就是說，味道調和到「甘」的狀況，就任何味兒都感覺不出來了。這並不是說味感等於零，只是說，因為適口，不會引起絲毫刺激，達到了「和」這一最高味覺審美標準。《老子》有「甘其食」之說，「甘」就是味

覺最高的享受。且看从「甘」之字:「猒」（音厭）字从「甘」从「肰」（音太），當「飽」講;「甚」字从「甘」从「匹」，當「非常安樂」講;「旨」从「甘」，當「味美」講。「甘」帶給這三個字形的意義信息是「享受」。「厤」（音函）字从「秝」（音力）从「甘」，「秝」字當「調和」講，它是「秝」（音力）的孳乳字，「秝」以兩株禾苗表示勻稱狀態，也就是適中。而从「甘」，正是調和的結果。「甘」帶給「厤」字的意義信息是「適宜」、「和美」。這都可以反映出，「甘」不是一種單一的味感，而是味的中和。《說文解字》說:「甘，美也。」「甜，美也。」確實道出了它們的意義所在。

我們從古代調味也可以看到「甘」與其他四味的總體對立。《周禮·食醫》有「春多酸，夏多苦，秋多辛，冬多鹹，調以滑甘」的說法。這就是說，四季的自然食物中，常常有一種味道比較突出，壓倒眾味，也就是五味不和，這就容易傷身。需要用棗、栗、飴、蜜這些甘甜的東西調和一下，沖淡它，於身體才有益，於品味才適宜。可見「甘」有中和其他四

味的作用。

「甘」直接孳乳出的「甜」字，有兩個意思：一是蜜糖的味道；另一是淡，也就是不放糖也不放鹽，只有食物的本味。例如河南人管白的麵糊叫「甜湯」，指不放任何佐料的麵糊。這個「甜」，還保留着「甘」的本味的意思。

弄清了「甘」的內涵，我們就可以明白：「甘」、「甜」和其他四味都有對立關係。水果生酸熟甜 —— 酸與甜對立。中藥涼苦溫甘，《莊子‧天道》：「徐則甘而不固，疾則苦而不入。」—— 苦與甘對立。甜與鹹本來就是對立的滋味。至於甜和辣，體現在釀造物上。烈酒味辣，醴酪味甜，它們也是對立的。

說
豉

　　劉熙《釋名》說：「豉，嗜也。五味調和，須
之而成，乃可甘嗜也。故齊人謂豉聲如嗜也。」可
見漢代以前就有豉。「豉」的語源是不是「嗜」，這
另當別論，值得注意的倒是劉熙講出了豉在調味中
的重要性。古代調味，如果沒有豉，其他味道便不
能顯示作用，放了豉，才能出味兒。《楚辭·招魂》
說：「大苦鹹酸，辛甘行些。」王逸注說：「大苦，
豉也。」「辛謂椒薑也，甘謂飴蜜也。言取豉汁，和
以椒薑鹹（音咸）酢（音措），和以飴蜜，則辛甘之
味皆發而行也。」

　　「豉」的正字作「尗」，從「尗」（shú），「尗」
是「豆」的古字。《說文·七下·尗部》：「尗，配鹽
幽尗也。」重文作「豉」，並說：「俗尗，從豆。」
段玉裁說：「此可證尗、豆為古今字。」這說明，豉
是豆製品。「幽」同「鬱」，是一種封閉加溫使之發
酵的做法，所以《齊民要術》說，作豉必室中溫暖。

　　古代的豆豉有鹹、淡兩種，鹹的供調味用，淡
的可以入藥。袁宏《後漢紀》說過這樣一個故事：
李傕常設酒請郭汜，郭汜的妻子怕丈夫與李傕的妾

香氣蒿蒿也　　糜煮米使糜爛也　　粥濯於麋粥粥

然也　　糜將也飲之寒溫多少與體相將順也　　羹濟　湯

熱湯湯也　　酪澤也乳作汁所使人肥澤也

也與諸味相濟成也　　殖阻也味相釀之遂使阻於寒

溫之間不得爛也　　醢海也

寏也封塗使密寏乃成也　　醢多汁者曰醓醢瀋也末

魯人皆謂汁為瀋者曰醢醢瀋也骨肉相

摶肥無汁也　　難如難肌也骨肉相

鼓嗜也五味調和須之而成乃可甘

嗜也故齊人謂歌聲如嗜也　　麴朽也鬱之使生衣

朽敗也　　藥缺也漬麥覆之使生牙開缺也　　鮓

《釋名·釋飲食》，東漢劉熙撰，《四部叢刊》本

婢有染，便設計離間他們。有一次，李傕送來一席菜，汜妻便以豉為藥，使郭汜起疑，從此疏遠李傕。可見調味的豉與入藥的豉形狀類似，區別僅在配鹽不配鹽上。

調味的豆豉要配鹽，所以「鹽」與「豉」是經常連用的。《史記》有「糱（音拍）麴鹽豉千荅」之說。謝承《後漢書》說「羊續為南陽太守，鹽豉共壺」，《宋書·張暢傳》說「魏主又遣送氈及九種鹽並胡豉」，都以「鹽」、「豉」並提。所以，豉是主鹹味的，百餚無鹹而失味，沒有豉，椒薑蜜酢不出味，這是很自然的。

這種配鹽的豆豉如果取汁，就是今天的醬油。漢代以前就已經有了很好的豉汁，也就是醬油，可見中國的烹調調味技術，在世界上確為遙遙領先。

精·與·糠

　　中國古代社會進入以農業生產為主之後，粟米便成為餐飯的主食。夏、商、周三代以前，米已有粗細之分。粗米稱「糲」，或寫作「穭」。《太平御覽》引《韓非子》說：「堯糲蒸之飯。」又說：「孫叔敖為令尹，糲飯、菜羹、枯魚之膳。」「糲」都是粗米的專稱。細米稱「精」。《論語·鄉黨》：「食不厭精。」《風土記》說：「精淅米十取七八。」「精」都是指的細米。

　　周秦以後，特別是到了漢代，「精」與「糲」不再是個模糊的概念，而有了官定的度量標準。《九章算術》：「糲米率三十，粺（音敗）米二十七，鑿米二十四，侍御二十一。」意思是說：五十升粟中，可以舂出三十升糲米（出米率 60%），二十七升粺米（出米率 54%），二十四升鑿米（出米率 48%），二十一升侍御米（出米率 42%）。可以看出，「糲」出米率最高，也就是含糠麩最多，是最差的粗米。侍御米是專供帝王食用的，屬最高級的特等米。除此之外，在一般食用米中，鑿米就是精米了。《左傳·桓公二年》說：「清廟茅屋，大路越席，大羹不致，粢

食不鑿，昭其儉也。」這裏的「粢」（音之）是粟，
「鑿」是經過舂擇使米精純的方法。因此，精米也稱
鑿米，它的出米率不足 50% ，與糲米比，確實是細
得多了。

「糲」的意義特點是「粗」。且看與它同源的「礪」
字。「礪」是粗石，朱駿聲說：「精者曰砥，粗者曰
礪。」砥是細的磨刀石，礪是粗的磨刀石，所以「砥
礪」當「磨煉」講。《漢書・外戚傳》說：「妾誇布服
糲食。」顏師古注引孟康說：「誇，大也，大布之衣
也。糲，粗米也。」韓愈的〈山石〉詩有「鋪床拂席
置羹飯，疏糲亦足飽我飢」的句子，以「疏」與「糲」
連用，「疏」即「蔬」，粗菜；「糲」自然是粗米了。

但「精」的意義特點卻不是「細」，而是「純」。
《說文解字》：「精，擇也。」朱駿聲說：「簸（音道）
米使純潔也。」「純」正是「精」義的核心。這一點，
也可以它的同源字「晶」為證。《說文解字》：「晶，
精光也。」字象星星三兩相聚之狀。「晶」是極亮極
純之光，所以稱「精光」，可見「精」義的特點在
「純」。「精」發展出「細」的意義，是在和「糲」構

成反義詞後，因「糲」有「粗」義，同步引申而來。「精」與「晶」在古代典籍裏經常通用。《呂氏春秋·圜道》：「精行四時。」注：「精，日月之光明也。」《文選·東京賦》：「五精帥而來摧。」注：「精，五方星也。」這裏的「精」，其實都是「晶」的同源通用字。

演變到近、現代，「精米」之說尚得保留，「糲米」在普通話裏改說「粗米」、「糙米」，只在北方方言「好賴」的「賴」上，還保留「糲」字「洛帶切」的讀音。

說‧發‧酵

　　用酵頭發麵蒸饅頭烙餅，是北方人最常吃的主食。發麵的使用，在中國少說也有兩千多年近三千年的歷史了。這一點，從「酵」字的歷史發展可以看出。

　　我國古代有一部記載周以前政治制度的書叫《周禮》，又叫《周官》。這部書的〈天官・醢人〉記載，醢人負責掌管「四豆之實」，豆是一種類似今天高腳盤子的食肉器，醢人負責在祭祀時製作豆中的食物，除了各種畜肉海味和菜蔬外，還有「酏（音兒）食糁（音摻）食」。酏食是發麵餅，糁食是菜粥。鄭司農注「酏食」說：「以酒酏為餅。」賈公彥進一步解釋說：「以酒酏為餅，若今起膠餅。」這裏的酏，是發麵引子，「膠」又寫作「教」。《漢書・李陵傳》注引孟康說：「媒，酒教。」從這可看出古人對發麵的認識，那時的人們已經認識到，發麵是用一種媒介物，也就是引子來使麵像酒一樣發酵。這就是後來「教」字發展為从「酉」的「酵」的原因。後來發麵的引子稱「起子」、「酵頭」，正是從「起膠餅」的「起」、「膠（酵）」發展來的。

　　發麵饅頭以後一直用作祭祀，《南齊書》記載，

太廟四時祭薦宣皇帝都供起麵餅，當時已經有了用酵頭發麵後再加草木灰中和其酸味的技術。中國的熟食烹飪，不僅菜餚烹調術很早就極發達，主食的製作也早有經驗，算起來，中國人懂得吃發麵饅頭，比歐洲人懂得吃麵包，要早好多個世紀呢！

割・與・烹

　　早在公元前八九世紀，我們的老祖宗就已經有了比較成熟的烹肉技術。烹肉先將整牲宰割，割肉也很有些講究。《禮記·郊特牲》記載：「腥肆爓腍祭。」腥是生肉，將整個的生肉割成大塊叫「肆」。肆解後將肉放在熱水裏叫作「爓」（音驗），煮沸後先將肉煮熟，熟肉叫「腍」（音任）。就是說，祭祀已經用切割後的熟肉。不只祭祀如此，宮廷裏的膳食也用熟肉。《周禮·天官·內饔》：「掌王及后、世子膳羞之割亨（烹）煎和之事。」「割」是解，也就是肆，「烹」是煮，「煎」是將汁煨乾並使肉爛，「和」是調和，也就是加上甘、酸、辛、苦、鹹等五味之調味品。可見當時煮肉的技術已經有了一套程序，比較發達了。

　　古代切割整牲有兩種解法，一種叫豚解，一種叫體解。豚解是將牲畜切割為七塊，左右前肢叫肱，左右後肢叫股，體中叫脊，脊的左右叫脅。肱二、股二、脊一、脅二，共是七塊。體解切割較細，共切割為二十一塊：

　　前肢肱骨：最上為肩，肩下為臂，臂下為臑（音怒）。

後肢股骨：最上為肫（音津），也叫膞；肫下為胳，或作骼；胳下為觳（音確）。

中體正中脊骨：前為正脊，中為脡（音挺）脊，後為橫脊。

脊兩旁之肋骨稱脅（音協）：前為代脅，中為正脅，後為短脅。

肱骨六、股骨六、脊骨三、脅骨六，共二十一塊。

肆解成大塊後，再細割為小塊或薄片，然後再加水煮。《呂氏春秋・本味篇》說：「凡味之本，水最為始。五味三材，九沸九變，火為之紀。」意思是說，在烹肉時，用水和用火是根本。煮肉時一開始用熱水（古時熱水叫「湯」）大火，先沸一次，然後漸漸加水，開幾次後，肉熟了，即是脤——穀熟為稔，肉熟為脤。然後用文火，即小火，慢慢煨，將肉湯煨成濃汁，肉也已糜爛。這是用水用火的一般規律。

用火用水之外，重要的是調味，也就是所說的「和」。《左傳・昭公二十年》記載晏子的話，解釋「和」。晏子說：「和如羹焉。水、火、醯、醢、鹽、

馬鬷君君欲誅於祝史脩德而後可公說使有司寬政毀關去

禁薄歛巳責……十二月齊侯田于

沛澤名……招虞人以弓不進虞人守官之辭曰

昔我先君之田也旆以招大夫弓以招士皮冠以招虞人臣不

見皮冠故不敢進乃舍之仲尼曰守道不如守官君子韙之

馳而造焉……公曰唯據與我和夫晏子

對曰據亦同也焉得為和公曰和與同異乎對曰異和如羹焉

水火醯醢鹽梅以烹魚肉燀之以薪

宰夫和之齊之以味濟其不及以洩其過

君子食之以平其心君臣亦然君所謂可而

有否焉臣獻其否以成其可君所謂否而有可

馬臣獻其可以去其否是以政平而不干民無爭心故詩曰亦

《春秋經傳集解·昭公二十年》，晉杜預撰，唐陸德明音
義，《四部叢刊》本

梅以烹魚肉。燀（音淺）之以薪。宰夫和之，齊之以味，濟其不及，以洩其過。」可以看出古代雖有甘、酸、辛、苦、鹹稱作五味，但基本的味道是鹹和酸。所謂「和」，就是適中；所謂「調」，就是加加減減，使其適中。所以孔穎達說：「齊之者，使酸鹹適中，濟益其味不足者，洩減其味太過者。」這正是確切地解釋了「調和」的意思。

這樣一整套的割烹技術，能在公元前八九世紀便十分完善，足見中華民族的文明發源極早。到了中古、近古和現代，烹肉的方法更多了，程序更細緻了，熟肉的烹飪技術有了更驚人的發展。但是這種「腥肆爓腍」的基本煮肉法，仍然為後人所喜愛。只舉一件事便可看出。宋朝傳下一種爛煮肉，名叫東坡肉。推其命名由來，是因宋代大文學家蘇東坡的一首〈食豬肉〉詩而得名的。蘇東坡在黃岡時戲作〈食豬肉〉詩：

黃州好豬肉，價賤等糞土。

富者不肯吃，貧者不解煮。

慢着火，少着水，火候足時他自美。

每日起來打一碗，飽得自家君莫管。

這種東坡肉的煮法，不正與爛臉肉一樣嗎？今天各種燉肉 —— 清燉肉、紅燜肉等等，不過切割大小不同，施放佐料不同，究其基本煮法，也還是爛臉之法呢！

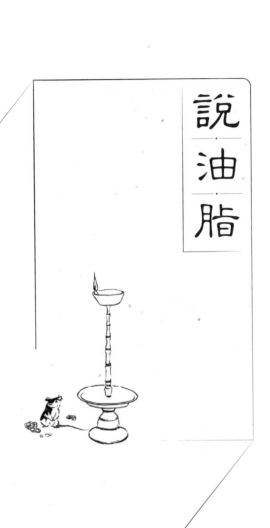

說油脂

中國古代的油與脂並非一物，有嚴格的區分界線。油是植物油，脂是動物的膏脂。

「油」得名於流動之「流」，因為植物油不凝結，是可以自由流動的液體。中國食用植物油是很晚的事了，上古的植物油大多是用來照明的。我們可以翻閱一下古代的傳說。比如，一說黃帝得到了河圖書，晝夜觀看，便讓他的大將力牧採集木實榨出油來，以綿為心，夜裏點着了讀書。這裏所說的木實，大約是梧桐一類的油料作物，而綿當然指的是絲綿。雖是傳說，卻告訴我們，油的最初用途是點燈。又如，一說許游做郡守的時候，廳前有一座古墓，下令遷墓時，開塚見一個大缸，燃着燈火，而油快點完了。缸上寫着：「許游許游，與汝何仇，五百年後，為我添油。」他便買油把缸注滿，仍把土蓋上。這又是一個用油點燈的明證。魏晉南北朝時，油又常用於戰爭。《三國志·魏志》記載，孫權到合肥時，曾招募壯士數十人，斬松為炬，灌以麻油，從上風放火，來燒敵人的車船武器。《梁書》記載，侯景攻臺城時，製造了一種曲項木驢來攻城，箭、石都擋不住它。羊侃便造了

一種雉尾的鐵鏃，把油灌在箭頭上點着，擲在木驢上把木驢燒光了。可見當時人們已經發現了植物油燃燒十分猛烈，便讓它在攻戰中派了用場。由於照明和軍事的需要，油一直是國庫的儲備物。《博物志》說，晉武帝泰始中因積油武庫着火；《梁書》說，張纘為湘州刺史的時候，喜歡積物，倉庫裏積聚植物油二百斛……那時的油，大部分是麻籽油。

脂與膏時常並提，它們都是從動物身上取下來的，一開始就用於庖廚，上古脂膏就是某些食用動物的標志。《周禮·冬官·梓人》說：「天下之大獸五，脂者、膏者、臝者、羽者、鱗者。」這五種大獸，脂指牛羊之屬，膏指豬類，臝（音裸）指虎、豹、貔（音皮）、螭（音雌）等淺毛獸，羽指鳥類，鱗指龍蛇之屬。可見牛、羊、豬的特點就在他們身上的膏脂。至於膏和脂，籠統地說可以通用，都指動物油，分開說也有些區別，《説文解字》說：「戴角者脂，無角者膏。」戴角者自然是牛、羊、鹿等，無角者恐怕豬之外，還有狗和雞、鴨、鵝等。其實，從膏、脂的意義看，它們的區別主要在凝結度。牛羊油凝結後成

板塊狀，稱脂；豬油、雞油凝結後成糊狀，稱膏。與脂、膏比，油一般不凝結，所以才以「流」命名。

中國古代的動物膏脂主要用作煎和，祭祀中有一種膳獻，是以膏脂煎肉丁兒、肉末；庖廚也用膳禽。禽是獸的總名，膳禽要根據季節來選用肉類和膏脂：春膳膏薌 —— 薌是牛油，春天宜食羔豚，配以牛油煎和；夏膳膏臊 —— 臊是犬脂，夏天宜食腒（音居，乾雉）、鱐（音收，乾魚），用狗的膏脂煎和；秋膳膏腥 —— 腥是豬油，秋天宜食牛犢鹿麛（音迷），用豬油煎和；冬膳膏羶 —— 羶（音煎）是羊脂，冬天宜食魚和雁（鵝），用羊油煎和。選擇膏脂作煎和時，又要配以不同的辛菜。《禮記》有「脂用蔥，膏用薤」之說。薤（音械）是一種多年生的草本植物，也叫藠（音橋）頭，類似洋蔥，用豬油、狗脂煎和時，宜用薤來調味。

近現代營養學的發達，使人們認識到動物油多食對身體不利，才把目光轉向了植物油。食用植物油的原料也由桐、麻之類演變為芝麻、花生、黃豆，以至葵花籽、玉米芯……更有趣的是，牛油羊油反而

成了工業原料，用來製造肥皂和蠟燭。古代用來照明的植物油和用以食用的動物膏脂用途來了 180 度大調動、大換班。其價值自然也發生了很大變化。人們常有「今是昨非」之嘆，回頭看看人類生活史，人們當會感到平凡的事物中也有不少耐人尋味的東西吧！

說
炙

　　把生食近火燒烤而熟之，其法曰爻。《齊民要術》有「爻法」，具體做法很多：有用整豬開腹去五臟淨洗以茅填滿腹腔而爻者，也有逼火偏爻一面隨爻隨割者，還有切成寸塊急速回轉而爻者，更有灌腸而爻，搗丸而爻，薄片而爻，作餅而爻者。可爻之肉除豬、牛、羊、鹿、鴨、鵝外，還有魚、蚶（音堪）、蠣等水產。究其做法，大約相當於今天的烤肉，但今天常常食用的烤肉除了整隻的烤乳豬和烤全羊外，只有在烤爐上設網而烤和串成串來烤，比起我們的祖先來，已經單調得多了。

　　《齊民要術》是後魏賈思勰的撰著，而燒爻之法則早已有之。《禮記·禮運篇》說：「夫禮之初，始諸飲食。」又說：「以炮以燔，以亨（烹）以爻，以為醴酪。」注說：「炮（音刨），裏燒之也。」「燔（音凡），加於火上。」「爻，貫之火上。」以「炮」、「燔」、「爻」三者分言之，統言之則都稱「爻」，具體爻法不同。

　　《說文·十下·爻部》：「爻，炮肉也，从肉在火上。」戰國簡書「爻」形正象一塊吊着的肉在火苗上烘烤。分言之，炮、燔、爻是三種不同的烤肉法。

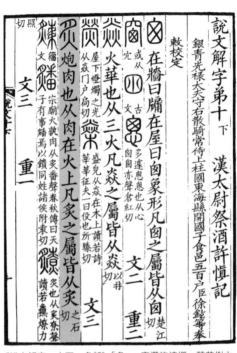

《說文解字‧十下‧炙部》「炙」，東漢許慎撰，藤花榭本

《説文・十上・火部》:「炮,毛炙肉也。」字或作「炰」。段玉裁説:「毛炙肉,謂肉不去毛炙之也。」不去毛如何炙?《禮記・內則》注説:「炮者,以塗燒之為名也。」這裏説的「塗燒」也就是《禮運》注所説的「裹燒」。所謂「以塗燒為名」,意思是「炮」從「包」得名,因其塗裹而為之也。這大約是將泥塗在外面而用火烤,熟熱後,將泥剝下而把毛帶下來。《説文・十上・火部》:「燔,爇(音乙)也。」「燔」得名於「傅」。《詩經・大雅・生民》傳説:「傅火曰燔。」這是一種將成塊的肉一面一面平傅於火上翻烤的炙法,與「炮」法不相同。「燔」用來遺兄弟之國,所以不但要烤熟,還要烤乾,以便保存得長久。而分言之的「炙」,《禮運》注説「貫之火上」,這大約類似於今天的烤羊肉串之類,而古代則常用於烤魚,方法是把魚從後背至腹串上,一面烤,一面把調好的汁刷在魚上,這做法也和今天的烤羊肉串一樣。炙魚、炙肉,都是邊烤邊吃,不必保存的。《詩經》鄭箋説:「鮮者毛炮之,柔者炙之,乾者燔之。」正反映出這三種炙法的區別。

說炒

　　炒是現代烹飪的一種常用方法，將肉、蛋或菜放入熱油內拌熟，都叫炒。尤其是家庭烹飪，幾乎每餐都離不開炒菜。

　　但是，炒肉、炒蛋、炒菜，都是在近代才普及的菜餚，明代以前的菜譜中，炒法並不多，還不如湯、腌、脯、鮓來得普遍。細查上古的烹飪史，炒法不是用來做佐食菜餚的，而是用來加工糧食的。《方言》說：「熬、㷶（音炒）、煎、𤎅、鞏，火乾也。」火乾就是用火來去掉穀物的水分。五種火乾之名中，「㷶」就是「炒」。連「炒」這個字形也是後出字，《說文》沒有「炒」，也沒有「㷶」，只有「𪓐」字，《廣韻》讀「初爪切」，正與「炒」同音，也寫作「爒」，這是「炒」早期的異體字。陸游《老學庵筆記》說：「故都李和爒栗，名聞四方。」「爒栗」即今天的炒栗子。字也還作「爒」，不作「炒」。把穀物炒熟後，或整粒收藏，或磨碎拌食，倒是一種古代常用的糧食加工方法。現代藏蒙民族所食的糌（音簪）粑，就是用這種方法來加工原料，還保留着古代的習慣。

　　炒糧食的時候，需要不斷地攪拌，鍋內發出嘩

北燕海岱之郊謂之晞

熬聚_{即䎰字也}煎_{創玅反}備_{皮力反}鞏火乾也 凡以火

而乾五穀之類自山而東齊楚以往謂之熬

關西隴冀以往謂之備秦晉之間或謂之聚

凡有汁而乾謂之煎東齊謂之鞏_{拱手}

胹_而饪_往亨爛糈_熾酋_因酷熟也自關而西

秦晉之郊曰胹徐揚之間曰饪嵩嶽以南陳

潁之間曰亨自河以北趙魏之間火熟曰爛

《方言》第七，西漢揚雄撰，晉郭璞注，《四部叢刊》本

啦嘩啦的響聲，所以，「炒」派生出一個「吵」字。聲音喧嘩叫「吵」。有意思的是，「炒」和「吵」字還常常通用，鄭廷玉《忍字記》第一折：「着他靜悄悄，休要鬧炒炒。」還將喧鬧之聲直寫為「炒」字呢！可見古人習慣的炒是炒糧食，對炒糧食時發出聲響這個特點，印象特別深。

今天的「炒」字在烹飪方法中已有很大發展，除炒菜外，還用在製茶上，不是有一種綠毛茶叫作「炒青」嗎？那正是將嫩茶揉後放在鍋裏炒乾的。

「蒸」與「餾」都是中國古代熟食的餁法。「蒸」字本作「烝」，與「登」、「升」、「乘」、「騰」同源，以「向上」為語源意義。《說文解字・火部》：「烝，火氣上行也。」道出了「烝」的詞義特點，也道出了蒸作為熟餁方法的特點。蒸，就是利用溫度高的氣流向上升騰的原理來熟物。「餾」是蒸的一種，《爾雅》注和《詩經》釋文都說一蒸為餴（音昏），再蒸為餾。有人以為餴只得半熟，餾才達到全熟。這是古代造酒時對糧食的兩種不同的處理。統稱之，餴和餾都是蒸。「餴」字已不用於現代漢語，「餾」源於「流」。《說文解字・食部》：「餾，飯氣蒸也。」段玉裁根據《詩經》注改為「飯氣流也」，為的是說明「餾」字的語源意義。

古代最原始的蒸法是用封閉的竹筒來熟魚。《說文解字》：「奠（音增），置魚筩（筒）中炙也。」記錄了這種原始的熟食方法。這種蒸法也是利用上升的氣流，但只是熱空氣，還不是水蒸氣。直到發明了甑（音贈）與鬲（音演），才成為汽蒸。甑和鬲在新石器時代晚期已經產生，那時是陶器，以後有了青銅製

品，更為精緻。甑的底部有許多透蒸汽的孔格，放在鬲（音力）和鍑（音富）上，使鬲鍑中的水沸後的蒸汽通過孔格衝進甑裏以熟食。鍑分上下部，中間有帶孔的箅（音秘）隔開，下部放水，沸而成汽，以熟上部的食物。《齊民要術》說：「饙熟即舉甑。」《方言》說：「甑，自關而東……或謂之酢餾。」都可以看出蒸、餾與甑的關係。今天用來蒸飯、蒸饅頭和蒸肉的蒸鍋、蒸籠、籠箅，都是由甑與甗發展來的。

蒸餾和烹煮，各有其特長。烹煮是把食物直接放在水裏，而食物沉在鍋底，各面上受熱不均勻，如不翻攪，可能因為生熟程度不同而造成夾生。而蒸餾則是利用蒸汽熟食，蓋上蓋兒後，蒸汽充滿器皿，食物各部位均勻受熱，易熟易爛。所以，《齊民要術》稱餾法為「均熟」。從熟食效果上，蒸餾比烹煮進了一大步。但烹煮在原料與佐料滋味的混合上又比蒸餾容易，有利於和味與留汁。在現代烹飪上，蒸餾與烹煮是各司其事的。而從蒸餾利用火氣上行這一情況看，古人對氣體溫度越高越升騰而上，並且產生能量這一熱學原理，早就發現並加以應用，不能不讓我們

感到中國人的聰明。

「蒸」與「餾」在現代漢語裏，也都有發展，「蒸」除了音義沿用外，還發展出一個「騰」字，是用火或汽把已熟的食物再加熱。而「餾」則完全變為再蒸熟食的專稱了。

在古代文獻裏，「烝烝」被解釋為「上升貌」，成語「蒸蒸日上」，正是用熱氣升騰的炊爨情狀來比喻生活興旺與事業發達的。

說
鮓

中國古代的食譜中，常見一類食品，叫作「鮓」。鮓是一種什麼食品？《新華字典》說，是一種用鹽和紅麴醃的魚。新《辭海》說，是經過加工的魚類食品，比如醃魚、糟魚。這兩個解釋都不夠確切，也沒有說出鮓的做法的特點。

首先，鮓並不都是用魚作原料。宋代江浙地方有一種用豬腿、羊腿捶鍛而煮熟瀝乾的肉菜，叫作肉鮓。明代還有一種柳葉鮓，也是用肉和米粉一起醃製的。雀也可做鮓，絕非魚類。鯹（音清）也可做鮓，雖也是水產，但畢竟不能算魚類。

其次，鮓這類食品的製作特點，在於製作過程中都需把原料壓緊壓實，以便去掉其中的水分，並且容易入味。明代高濂所撰的《遵生八箋》中，有專講飲饌的幾卷，其中有「脯鮓類」，此類中談到的鮓類食品，製作時都需「布裹石壓」、「壓實加封」、「布內扭乾」……總之，不論是採用石壓（上面加石頭壓住）、扭壓（放在布裹用手絞扭）或封壓（壓實封在罐子裹），都得經壓榨而去水分並入味，這才是這種食品的製作特點。「鮓」就是因這種特點而命名的。

　　《説文‧二下‧辵（音卓）部》有「迮」（音窄）字，朱駿聲當「迫」講，「迫」就是「壓」。《説文‧五上‧竹部》有「笮」（音窄）字，是棼之上、瓦之下鋪設的一層竹墊。段玉裁説：「笮在上椽之下，下椽之上，迫居其間，故曰笮。」也就是説，笮是因為被壓在中間而得名的。「迮」、「笮」都從「乍」得聲，是同源字，後出的「窄」字，也是由此派生的，因為壓迫必使空間狹窄。還有「榨（搾）」，也是後出的派生詞，直接用作「壓榨（搾）」義。由此，我們便可知道，「鮓」和上述字都同源，也是因為需要壓榨而命名。因為這類食品多半是魚類，後代便以「魚」為形符而造字。「鮓」常與「脯」作一類，它們都要去水分，便於貯藏，脯偏重在肉，多為曬乾，鮓偏重在魚，多為壓乾。通常見的四川榨菜，也是因壓封而得名的。只不過它是蔬菜類，人們便以「木」為形符而寫成「榨」字了。

說
膾

　　把肉剁成細末，拌以調和而烹食，中國古代叫作膾（音繪）。《說文解字》說：「膾，細切肉也。」膾的語源大約來自「會合」之義。劉熙《釋名》說：「膾，會也。細切肉令散，分其赤白異切之，已乃會合和之也。」這個推源頗有道理。

　　上古製膾多用肉，《釋名》有「細切豬、羊、馬肉使如膾」的說法。它的製作，首先是把瘦肉和肥肉分開來切碎，然後再根據需要混合起來。這種切法，一則是由於瘦肉與肥肉質地不同，切碎的程度和切法都不完全相同；二則，肥與瘦的比例也要因季節、地域、烹法和人的口味以及生理衛生的要求而異。混合時要達到「和」的標準，也就是剛剛適宜。切膾是有一定程序的，據《禮記》鄭玄注說，「膾者必先軒之」，軒是大切，即粗切，也就是先切成肉丁；「復報（音付）切之則成膾」，「報」是「赴」的借字，當「疾速」講，「報切」就是加快切的速度，也就是今天的剁了。肉切小剁細後，要加上佐料，佐料因季節而異，《禮記‧內則》所說的「膾，春用蔥，秋用芥」，就是說要配以不同的辛菜當佐料。在

也以塩米釀之如菹熟而食之也　腊乾昔也　脯

搏也乾燥相搏著也又曰脩脩縮也乾燥而縮也

脾迫也薄拯肉迫著物使燥也

散分其赤白異切之已乃會合和之也　膾會也細切肉令

於火上也　脯炙以餳密豉汁淹之脯脯然也　釜

炙於釜汁中和熟之也　脂街也街炙細炙肉和以

薑椒塩豉已乃以肉街裹其表而炙之也　貊炙全

體炙之各自以刀割出於胡貊之為也　膾細切猪

羊馬肉使如膾也　生脡以一分膾二分細切合和

挺攪之也　血脂以血作之增其酢豉之味使苦

膾會也細切肉令

炙炙也炙

《釋名・釋飲食》，東漢劉熙撰，《四部叢刊》本

烹飪法上，膾的做法又分羹（水煮）、烝（乾蒸）兩種。乾蒸有時放在竹筒裏。上古時，這實在是很講究的吃法了。

　　魏晉以來，中國的飲食文化中心轉移到南方，使膾這種食物的內容和形式都發生了很大的變化。首先是原料的變化。吳地的膾，以魚膾為主，因而孳乳出「鱠」（音繪）字，專門用來稱魚作的膾。魚膾的佐料與所配的菜也有了很大改觀。有關魚膾的佳話很多：南人魚膾，以細縷金橙拌之，號為「金齏（音劑）玉膾」。隋煬帝吃了吳郡進貢的鱸魚膾後，讚嘆說：「金齏玉膾，東南佳味也。」吳中又以魚膾加菰（音姑）菜為羹，魚白如玉，菜黃若金，稱為「金羹玉膾」，一時被譽為珍食。這種美食，促成了「季鷹命駕便歸」的有趣逸事。晉張翰字季鷹，原籍吳郡，他在洛陽做官時，秋風一起，思念起故鄉的菰菜蓴羹鱸魚膾，便立即棄官登程回到吳郡。美食的誘惑，鄉情的依戀，竟有着如此巨大的吸引力！宋代的愛國詞人辛棄疾對張翰的放任不羈不以為然，在他的〈水龍吟・登建康賞心亭〉裏寫下了「休說鱸魚堪膾，盡西

風、季鷹歸未」的名句。辛棄疾的憂國忘家固然令人欽佩，而張季鷹重鄉情輕仕宦的清高浪漫，也未嘗不是中國知識分子的另一種可愛的風格吧！

魚肉柔嫩不似肉膾要先粗切再剁碎，而只是切成絲。清代朱彝尊作《食憲鴻秘》，搜集了很多浙江菜，提到鱸魚膾的製作時說：「吳郡八九月霜下時，收鱸三尺以下，劈作膾，水浸布包，瀝水盡，散置盆內。取香柔花葉相間細切，和膾拌勻。霜鱸肉白如雪，且不作腥，謂之『金齏玉膾，東南佳味』。」這裏所說的「劈作膾」，應是依魚的肉理切成絲。這在古代是有文可考的。潘岳的〈西征賦〉說：「華魴（音防）躍鱗，素鱮（xù）揚鬐（音奇），饔人縷切，鸞刀若飛。」是以「縷切」製膾。而傅毅的〈七激〉說得更清楚：「涔養之魚，膾其鯉魴，分毫之割，纖如發芒……」「發芒」是指魚肉的自然纖維。耶律楚材的詩有「絲絲魚膾明如玉，屑屑雞生爛似泥」之說。從這些都可以看出，魚膾是以絲的纖細為佳的。

肉膾與魚膾之外，還需要說一說蛇膾。《齊諧記》記載了這樣一個故事：江南有個叫麻治的人，喜

歡食膾。江北華本是麻治的朋友。有一次，華本抓了一條大蛇，請麻治來吃膾。他把蛇膾給麻治吃，自己另做魚膾吃。麻治吃蛇膾，異常鮮美，便問華本是什麼魚做的。華本喝醉了酒，叫人把剩下的蛇肉拿出來給麻治看。麻治看了，嘔吐不已，直至吐血而死。這大約是江浙一帶的故事，那裏的人們不習慣於吃蛇。其實，粵菜中的蛇膾味極鮮美，稱為佳餚，食者萬千，絕不會有人因食蛇膾吐血而死的！

說
鼎

　　鼎是中國古代最重要的烹飪器之一。從出土的文物看，它是陶或青銅製品，一般的形狀是圓體、大腹、兩耳對立於口上，或附於體側。腹下有三足，因而有「三足鼎立」這一成語。周代的鼎分為鑊鼎、升鼎和羞鼎三大類。在祭祀時，各司其職。鑊鼎是煮肉器，形體很大。三足架空，下面好架柴點火，兩耳用一種稱作鉉（音軟）的銅鈎穿上扃（橫杠）抬舉。兩漢以後，鑊鼎因竈的使用而變得無足，這就是後來的釜。升鼎與羞鼎是供器，肉煮好後，把鑊鼎中的肉用匕取出，放到升鼎中，作為供品。把加放佐料的湯汁，放到羞鼎中，與升鼎相配。所以升鼎又叫正鼎，羞鼎又叫陪鼎。

　　周代的祭祀是用鼎數與牲肉的種類來標示等級的。因此，用鼎是一種重要的祀制：天子九鼎，諸侯七鼎，牛、羊、豕三牲俱全，稱作大（音太）牢；卿與上大夫五鼎，不用牛，只用羊、豕，稱作少牢；元士三鼎，就只用豕了。以上所說的鼎數是升鼎數，所配的羞鼎也有規定：九鼎、七鼎配羞鼎三，五鼎配羞鼎二，三鼎、特鼎（一鼎）配羞鼎一。鼎在祭祀時作

等級的標志，就使它在器皿中的地位非同尋常。所以
《説文》説：「鼎，三足兩耳，和五味之寶器也。」古
代用鼎作為傳國的寶器，並常把有關的銘文鑄在上
面。《禮記·祭統》説：「夫鼎有銘……銘者，論撰
其先祖之有德善、功烈、勳勞、慶賞、聲名，列於天
下，而酌之祭器，自成其名焉，以祀其先祖者也。」

甲骨文「鼎」字寫作 ，極像鼎三足兩耳之狀，
後來才慢慢發展成「鼎」形。由於鼎在傳國繼承中的
政治作用，人們對它是烹飪器反而不大在意了。在漢
字中，用來表示烹飪的形符往往用「鬲」。《説文解
字》中有兩個形符直接或間接由「鬲」充當，一是
「鬲」，一是「弼」，它們分別標示烹飪器、烹飪行為
與烹煮物的類別。很多我們熟悉的字，大小篆裏，本
字都從「鬲」或「弼」。如：

𩰲（鍋）	䰞（釜）	𩰱（甗）
䰤（甑）	𩰾（融）	鬻（沸）
鬻（粥）	羹（羹）	𩱛（糊）
𩱧（炒）	𩰽（煮）	𩱫（涬）

這兩種形符，特別是後一種，形體過於繁難，不便

寫，到隸書、楷書階段，已被淘汰，代之以其他有關形符。但從小篆字系，還可以看出鬲這種鼎在古代烹煮食物中的重要作用。這裏特別要說一說「䰞」字。現代北京話把開鍋後水從鍋裏溢出來叫 pū，這個詞至今沒有一個規範的寫法，一般寫成「浡」或「哱」，其實，這個詞在《說文解字》裏就有從「鬻」的本字，即上面的「䰞」。

鬲是鑊鼎的一種，圓腹，侈口。商初帶耳，周代的鬲厚唇短足，足內空，稱「款足」，耳附出。春秋時的鬲就沒有耳了。這種烹煮器後來多用來煮粥糜，這一點，從它所造的字中就可以看出了。《說文解字》說它「鼎屬，實五穀，斗二升曰䰞」。可見它也可以充當標準量器，而主要與糧米發生關係。

鼎是烹煮器之母，後來的煮器，都是由它加工改造演變而成的。

碗與盤

　　碗和盤都是今天常用的食具。這兩種食具自古有之。推究它們命名的由來，便知兩種食具不同的特點。

　　《說文》稱「盂」（音如）為「飯器」，「盌」（音碗）為「小盂」，當然也是飯器。「盌」就是「碗」的古字，它是用來裝飯的。「盌」與「碗」來源於「宛」。古代稱中央低而四方高的丘陵地形為「宛丘」，這種山丘的形狀酷似飯碗，以凹曲而名。「宛」聲之字大多有「屈曲」義。《文選・東都賦》：「馬踠（音苑）餘足。」李善注：「踠，屈也。」《文選・琴賦》：「蜿蟺（音淵善）相糾。」注：「蜿蟺，展轉也。」音聲回轉多稱「婉轉」，語言紆回委曲稱「委婉」，《周禮》有「琬（音苑）圭」，形屈曲。「踠」、「蜿」、「婉」、「琬」都與「碗」同源，都以屈曲為詞義特點。「凹曲」義引申為「蘊積」。《素問・生氣通天論》：「大怒則形氣絕而血菀（音屈）於上。」注：「菀，積也。」《詩經・小雅・都人士》：「我心菀結。」鄭箋：「菀猶結也，積也。」足見「菀」也與「碗」同源。碗形中央凹下，有容積，可裝飯，這種食具的特點由它的一系列同源字中顯示無餘。

盤則不同。它又作「槃」或「鎜」，字從「般」。
「般」從「舟」。《周禮・春官・司尊彝》說，尊和彝
都是祭器，它們下面有一個圓形的承器，叫作舟。鄭
司農說，舟就像漢朝的承盤。可見周代稱「舟」，漢
代稱「盤」，名有異而用為一。

「般」字從「舟」之意，《說文》說得很清楚：
「般，辟也。象舟之旋，從舟從殳（音殊），殳所以
旋也。」舟是承盤，圓形，可以旋轉。「般辟」就是
「盤旋」，因而取「舟」會意。後來舟船的「舟」，也
是因為它能在水中自由盤旋而得與承盤之「舟」同
名。這是「盤」後來的字形來源。最早的「盤」字
完全象形，作𠜱，是一個帶耳的立起來的盤子。這就
是後代的「凡」字。以後「凡」借作了虛詞，才有
了「槃」、「鎜」、「盤」字。「盤」字的特點是圓轉，
與「碗」的凹曲是不相同的。這是因為，最早的盤子
是承盤，它的作用是承墊其他器皿，本身不直接裝納
食物，所以扁淺，與碗的特點相較，便突出了碗的深
凹。現代的盤子還有一部分保持承盤的作用，另一部
分已經直接裝菜餚，變為常用食具了。

說飲器

中國古代社會的飲食文化中，酒，是它極富特色的一種標志，而酒器中的飲器所賦予這種文化的絢麗色彩，絕不亞於酒本身。

飲器在中國古代社會生活中的作用，不僅僅在於它是飲酒的盛具，細論起來，它起碼有以下三種具有重大意義的作用。

第一，是它的禮儀作用。飲器同時也是禮器，古代祭祀、朝見、享宴、迎賓以至家居飲食，都要飲酒，不同的場合，都對飲器有明確的規定。《禮記·明堂位》記載，夏、商、周三代天子祭天祭祖時所用的飲器有：「夏后氏以琖（音盞），殷以斝（音賈），周以爵。」又有勺：「夏后氏以龍勺，殷以疏勺，周以蒲勺。」這些禮器都有明確的禮制規定，裝飾是不同的。例如龍勺，柄長二尺四寸，士大夫漆赤色，諸侯以白金飾，天子以黃金飾，以此表示森嚴的等級制度。飲酒器一向用來排列官位高低，所以，爵是飲器之名，引申為位次之稱，才有了「官爵」、「爵位」這些雙音詞的合成。

第二，是它的節量作用。《論語·鄉黨》有「唯

酒無量，不及亂」的說法，指的是飲酒不能超過自己的酒量，要以不醉為度。因此，上古的酒器都有嚴格的容積規定。《五經異義·爵制篇》引《韓詩》:「一升曰爵，二升曰觚（音姑），三升曰觶（音志），四升曰角，五升曰散。總名曰爵，其實曰觴。」周代的士禮規定，賓主對飲，應當遵守獻酬之禮。獻是敬酒，用爵，爵量是一升；酬是答酒，用觶，觶量是三升，故而周禮有「一獻而三酬」之說，賓主都需飲夠四升。古代四升為一豆，因此《周禮·梓人》才說:「食一豆肉，飲一豆酒，中人之食也。」這就是說，士大夫要以一爵一觶共四升為基本的飲酒量。《易經》有「君子節飲食」之說。《說文解字·卮部》:「卮，圜器也，一名觛（音但），所以節飲食。」飲酒要自節其量，全靠飲器的容量大小來限制。

第三，是它的審美助飲作用。中國的飲器最早用牛角製作，所以飲器名大多以「角」為形旁製字，「觛」、「觚」、「觶」、「觥」、「觴」等字都從「角」。以後也有用木製的，所以，「尊」的後出字作「樽」，「斗」的後出字作「枓」，也都是酒器。後代的飲器

便日趨華麗,碧玉、琉璃、琥珀、翡翠、瑪瑙等都有製成酒杯的。酒杯上雕琢出鸚鵡、鴛鴦、蓮荷、霞文等更具藝術特色的形狀,歷代都不乏見。金樽美酒,杯助酒興,是歷代詩人着力追求的人間仙境。且看杜甫的〈鸚鵡杯詩〉:「雕琢形儀似隴禽,綠楊影裏可分斟。坐間恨不能言語,說我平生酒量深。」錢起的〈瑪瑙杯歌〉:「含華炳麗金尊側,翠羽瓊觴忽無色。繁弦急管催獻酬,倏若飛空生羽翼。」都把那酒杯說得活生生的。

認真想想,飲器的三大作用,哪一個不是極端重要,在中國的飲食文化史裏,怎能不給它一個重要的位置?

中國古代飲器的名稱來源,更是一個值得研究的問題。上古飲器的名稱,大約有兩個系統。一個是禮器的系統。這就是爵、觚、觶、角、散、觴。爵既是飲器的總名,又是能容一升酒的飲器別名。它的詞源來自雀,甲骨文「爵」字畫的是一個雀頭,圓形,有嘴,頸毛像爵的足。觚、觶、角、散都是爵的一種,只是所容的升數不同。傳說它們的命名都與

禮的節制意義有關。觚是容量較小的飲器，得名於「寡」，意思是告誡人們「飲當寡少」。春秋時代，周的禮制失去作用，孔丘認為它的名實已不統一，所以發出了「觚不觚！觚哉！觚哉！」（《論語·雍也》）的悲嘆。「觶」，古人認為它得名於「適」，取「飲當自適」的意思。至於「角」和「散」，都是容量比較大的飲器，舊說「角」與「觸」同源，取義「不能自適，觸罪過也」；「散」與「訕」（音傘）同源，取義「飲不自節，為人謗訕也」。其說都無證據，不能作為科學的詞源，只能看作人們利用飲器的諧音字對「飲酒要節制」這一道理的通俗解說。「觴」是對裝滿酒的飲器的通稱，所以《說文解字》說：「實曰觴，虛曰觶。」飲器的這一名稱系統，與禮制密切相關，流行於貴族宮廷，以後大多用於書面語了。

另一名稱系統來自口語。由於方言的緣故，非常紛繁複雜，這裏只取盉（音雅）、盞、盂（杯）三個詞來略加說明。

《方言》：「盉，杯也。」字常寫作「雅」。曹丕《典論》說：「劉表有酒爵三：大曰伯雅，容七升；次曰

仲雅，容六升；小曰季雅，容五升。」從此，「三雅」便成為酒的代稱。于志寧詩說：「俱裁七步詠，共傾三雅杯。」便是以曹植的七步〈豆萁〉詩與劉表的伯仲季三雅酒爵對言，把詩與酒聯繫在一起。「醠」在今天口語裏還留有痕跡，俗說酒量大為「雅量」，本字應寫「醠」，就是從三雅（醠）杯的典故來的。

「盞」字本作「醆」，原是夏代酒杯的名字。可見詞比較古，後來被口語吸收。《方言》：「盞，杯也。」盞是一種小酒杯。「盞」字與「箋」（薄紙）、「淺」（小水）、「棧」（簡易木車）、「錢」（小片金屬以為貨幣）等字同源，都含有簡易而微小的特點。盞常與杯並稱。李清照詞「三杯兩盞淡酒」，就以「杯」與「盞」互用。後來才有了「杯盞」的合成詞。

「杯」是飲器的通稱，它的詞源是「不」。在甲骨文裏，「不」畫的是花托。否定詞「不」已是假借字。杯子正因為很像上圓下尖成錐形的花托而得名。「杯」是飲器的通稱，所以常用來指代酒。俗稱酒為「杯中物」，稱嗜酒為「貪杯」，酒宴完畢稱「杯盤狼藉」，都可見「杯」與「酒」難分難解的緣分。

　　葡萄美酒，當以夜光杯而助興；無瑕美玉，常
為明月盞而稱雅，中國的飲食美學，的確堪稱世界
之最！

糧・糗・飯

糧、糗、飯都是古代製熟後的主食，它們的原料又都是黍（小米）、稷（高粱）、稻（大米）、麥（小麥）之類，而且，它們都不是專供祭祀的，什麼人都能吃，因此，可算作同類物；但這三個詞在古代又是各有內涵的名稱。

「糧」又寫作「粮」，後來出現「粻」（音章）字，與「糧」同義，專指旅途中食用的熟食，這種路糧古代也稱「糒」（音備）。《周禮・廩人》有「治其糧與其食」之說，注：「行道曰糧，謂糒也；止居曰食，謂米也。」可見糧所指的範圍比較狹小。孔子在陳絕糧，是說他在周遊列國的路途中帶的儲備糧吃完了。古代使者出遠門要帶資糧，路過的友好國家作為東道主要給使者補充資糧 —— 資是路上的用度，糧是路上的食物。

出門在外，最常帶的糧是糗（音臭）。糗是炒熟的糧食，有的是成粒的，也有炒完後磨成粉的。《孟子》趙岐注說：「糗飯，乾糒也。」乾指炒乾，糒是路糧。《公羊傳・昭公二十五年》記載：魯昭公失國出走，齊國的國君在野井慰問他，齊國的高子執簞食

與四脡脯，國子執壺漿，對魯昭公説：「我們的國君聽説您在外，早晚的伙食還沒有着落，所以送一點糧糧來給您的隨從。」脡脯是曬乾的肉，糗是炒乾的糧，都是路上吃的。説給隨從，是客氣話，不好意思直説給國君，只説是給隨從的。

飯與糗不同，是蒸熟的。《春秋運斗樞》説：「粟五變：以陽化生而為苗，秀為禾，三變而粲謂之粟，四變入臼米出甲，五變而蒸飯可食。」這裏的粟即細粒米。種子種下去，出土而變成苗，苗抽穗灌漿稱作禾，舂成粗米稱粟，再脱皮變為米，蒸熟了即是飯。可見飯是米糧加工的最後一道工序。中國吃飯的歷史很早，《周書》記載：「黃帝始蒸穀為飯。」

「飯」字的含義有個演變過程。最早「飯」既可作動詞用，又可作名詞用。《論語》「飯疏食飲水」，「侍食於君，君祭，先飯」，「飯疏食，沒齒無怨言」……都當「吃飯」講，是動詞。作名詞的也很多，《九章算術》所説的「糲飯」、「粺飯」、「繫（音昨）飯」、「御飯」，都當「飯食」講，是名詞。魏晉時代，經師們想把動詞和名詞分開，將名詞的「飯」

寫作「飰」。隋唐時代又寫作「餢」。「餢」字常被訛作「餅」字，人們對這個字不習慣。之後，「飯」的動詞義消逝了，只剩了名詞義，「飰」、「餢」就更無法流行了。在現代漢語普通話裏，「飯」有兩個內涵：一個泛指一日三餐，不論原料和做法；另一個只指蒸、煮熟的稻米飯，與麵食相對。但在有些方言，例如河南方言裏，麵條也稱「飯」，稻米飯則不得不在前面加上「米」字。「飯」的這些詞義與字形的演變歷史，其中包含着很多語言文字學知識，也包含着很多烹飪史的知識，是我們不可不深究的。

粥・與・羹

　　「粥」字從「米」，「羹」字從「羊」，它們的區別在於：粥在古代的主要原料是米，而羹的主要原料卻是肉。宋代陶穀的《清異錄》記載：後唐魏王李繼岌薦羹時把羊肉、兔肉、豬肉切碎摻着入料。當時盧澄為平章事（主管宮廷內務的相），清晨上朝，堂廚備一些稀粥作早餐。有粟粥、乳粥、豆沙加糖粥，盧澄每次各取少許摻着喝。於是，廚官們便據此二事作了一副對聯：「王羹亥卯未，相粥白玄黃。」對子作得極巧——亥豬、卯兔、未羊，以地支代牲畜；乳白、粟黃、豆沙黑赤，以顏色代粥料。這說明，粥需用米而羹則必肉。

　　粥是一種簡食，貧賤時常食，居喪時以食粥為禮。《禮記》記載曾子的話：「哭泣之哀，齊（音之）斬之情，饘（音煎）粥之食，自天子達。」這裏還有一個有趣的故事：春秋時魯悼公去世，魯國居喪。季昭子到孟敬子那兒去問他：為君上服喪期間，我們吃什麼？孟敬子說：當然吃粥。這是天下通行的禮節。季昭子說：我們孟、仲、季三家，跟君上早就鬧翻了，這事兒誰不知道啊？讓我勉強執君臣之禮在居喪

時吃粥，我不是辦不到，可這不是讓人家說我們這一套全是假惺惺，沒什麼真感情嗎？我可不願招這檔閒話，我還是吃我平時帶肉的伙食吧！這個故事說明，粥是沒有肉的。

羹可是得有肉。《左傳·隱公元年》記載「鄭伯克段於鄢」事，鄭莊公賜給潁谷封人潁考叔一些吃的，潁考叔把別的吃了，卻收起來一塊肉。鄭莊公問他為什麼把肉留下不吃，他說：「小人有母，皆嘗小人之食矣，未嘗君之羹，請以遺（音謂）之。」可見羹是離不開肉的。不過，古代的肉羹裏也放一點菜，所謂「牛藿（音霍），羊苦，豕薇」，叫作「芼」（音毛），但這是中和肉性和調味的，不是主原料。什麼菜也不放的純肉汁叫「大（音太）羹」。《左傳》說：「大羹不致……昭其儉也。」可見大羹是一種豪華的食物。除了用肉之外，羹還可用豆。《急就篇》：「餅餌麥飯甘豆羹。」顏師古注：「以小豆為羹，不以醯酢，其味純甘，故云甘豆羹也。」晉代張翰作〈豆羹賦〉，說到羹，用豆菽而不用肉。這恐怕是羹必有肉的一種例外。

至于廩延，子封曰：「可矣，厚將得衆。」公曰：「不義不暱，厚將崩。」

大叔完聚，繕甲兵，具卒乘，將襲鄭，夫人將啟之。公聞其期，曰：「可矣。」命子封帥車二百乘以伐京。京叛大叔段，段入于鄢，公伐諸鄢。五月辛丑，大叔出奔共。

書曰：「鄭伯克段于鄢。」段不弟，故不言弟；如二君，故曰克；稱鄭伯，譏失教也；謂之鄭志。不言出奔，難之也。

遂寘姜氏于城潁，而誓之曰：「不及黃泉，無相見也。」

既而悔之。潁考叔為潁谷封人，聞之，有獻於公。公賜之食，食舍肉。公問之，對曰：「小人有母，皆嘗小人之食矣，未嘗君之羹，請以遺之。」

《左傳·隱公元年》，晉杜預注，唐孔穎達疏，《四部叢刊·十三經注疏》本

現代的粥與羹的概念，雖和古代有些不同，但根源還得從古代去找。稱「羹」的，絕大部分是肉食，而且堪稱佳餚：魚羹、肉羹之外，廣東的蛇羹更為名貴。而以豆作羹也尚有遺風：北京的栗羊羹不就是炒乾的豆沙羹嗎？而潮州的山芋白果羹，怕更近古代的甘豆羹呢！粥呢，總的說還是不登大雅的食品，雖然《紅樓夢》裏賈母和賈寶玉都喝粥，但也不過是家常飯。閩粵一帶的生魚片粥曾是漁民的主食。儘管也有燕窩粥和蓮子粥，那只是借粥而為藥膳，算是貧富之間的一點交流。今天四五十歲以上的人提起粥來，恐怕印象更深的是玉米麵粥、高粱米粥，甚至抗日戰爭時期淪陷區的橡麵粥，生活困難時的野菜粥。平時貧家的粥，是含着辛酸、伴着憂愁喝進去的，人們對粥的感情，恐怕也和古代以粥為簡食差不太多呢！

說湯餅

餅是我國古代麵食的總稱，麵食而帶湯的，統稱湯餅。湯餅包括今天的麵條、麵片兒、餃子、餛飩和湯圓。

麵條又叫索餅。北魏賈思勰《齊民要術》記載，有一種麵食做法是「水引，挼（音挪）如箸大，一尺一斷，盤中盛水浸。宜以手臨鐺上，挼令薄如韭葉，逐沸煮」，《傷寒論》說「食以索餅」，這就是麵條。《清異錄》曾記載金陵士大夫家「濕麵可穿結帶」，也說的是麵條。麵條因為長而細，又長又瘦，諧「長壽」音，所以歷來在生日時專食。《新唐書·王皇后傳》說：「獨不念阿忠脫紫半臂易斗麵，為生日湯餅邪？」宋樓鑰《北行日錄》說：「乾道五年十一月十五日，生朝作湯餅。」元張翥〈最高樓·壽仇先生〉說：「願年年，湯餅會，樂情親。」〈水調歌頭·自壽〉說：「臘堯開紅玉，湯餅煮銀絲。」據《大明會典》，正統間皇太后壽誕有壽麵，宣德間東宮千秋節有壽麵。這些都足以證明唐宋以來便有吃麵條祝壽的習俗。

麵條之外，麵片兒也稱湯餅。晉束晳〈餅賦〉

說：「麵彌離於指端，手縈回而交錯。」正是西北、山西一帶揪麵片兒的情狀。麵片兒又稱餺飥（bó tuō），做法不一，有用兩手揪的，也有用一手拈薄的，猶今北京所謂的「貓耳朵」。《齊民要術》說「餅法」：「餺飥，挼如大指許，二寸一斷，着水盆中浸，宜以手向盆旁，挼使極薄，皆急火逐沸熟煮。」這就是麵片兒。

另一種湯餅即餛飩。《一切經音義》引《廣雅》：「餛飩，餅也。」《類篇》引《博雅》也說：「䐹肫，餅也。」《武林舊事》說：「冬至……享先則以餛飩。」《劍南詩》自注也說：「鄉俗……歲日必用湯餅，謂之冬餛飩，年餺飥。」可見餛飩是專門在冬天吃的。薄皮、肉餡，與無餡的麵條、麵片兒不同。也有稱餃子為餛飩的。顏之推說：「今之餛飩，形如偃月，天下通食也。」這種餛飩似是今天的餃子。

北宋《蘇軾集》中提到一種食物叫「牢九」，許多人不知是什麼東西。《庶齋老學叢談》說：「牢九者，牢丸也。即蒸餅。宋諱丸字，去一點，相承已久。」牢丸即是湯圓，取其封合牢而呈丸狀之意。宋

避靖康之恥，不願說「完」之音，所以「丸」省一點，後人不知，以為「九」字。

　　麵條、麵片兒、餛飩、餃子、湯圓都是水煮帶湯的麵食，統稱湯餅。可以看出，起碼是南北朝時期，中國的麵食已有多種做法，蒸、煮、烤、烙均有之。這裏只舉煮食者，亦可見我國之烹飪，不但菜餚豐富，主食也是花樣繁多的。

說
點
心

　　我國的習慣，以午餐、晚餐為正餐，早餐叫早點，即點心。下午三四點加一些小吃也叫點心。以後發展到正餐的正菜之餘點綴的甜羹和炸麵果等食品也叫點心。

　　「點心」之稱，唐代已經有了。南宋吳曾撰的《能改齋漫錄》記載了唐代的一個故事：「鄭傪為江淮留後，家人備夫人晨饌，夫人顧其弟曰：『治妝未畢，我未及餐，爾且可點心。』其弟舉甌已罄。俄而女僕請飯庫鑰匙備夫人點心。傪詬曰：『適已給了，何得又請？』」這裏的「點心」明顯指早餐。宋代莊季裕的筆記《雞肋編》記載：「楚州有賣魚人姓孫，頗前知人災福，時呼『孫賣魚』。宣和間上皇聞之，召至京師，館於寶籙宮道院。一日懷蒸餅一枚坐一小殿中，已而上皇駕至……上覺微餒，孫見之，即出懷中蒸餅云：『可以點心。』」王明清的《揮麈錄》也記載童貫對賈讜說：「匆匆竟未能小款，翌早朝退無它，幸見過點心而已。」這兩處的「點心」，都是指兩正餐之間隨便吃點東西墊飢。值得注意的是，《雞肋編》以「點心」用作動詞，《揮麈錄》則用作

名詞。「點心」大概是由動賓詞組發展成的雙音節名詞。北京話裏，「點心」可以重疊成「點點心」，也證明它原來是動詞。

把專門製成的小麵食稱點心，始於宋代。周密的《癸辛雜識（音志）》記載宋孝宗對趙汝愚說：「聞卿健啖，朕欲作小點心相請。」這就是今天糕餅稱點心的來源。

「點心」這個名稱，給我們很大的啟發。烹飪有兩個主要任務：一個是果腹，一個是品味。早期的熟食是以果腹為主，品味在其次。隨着人類物質生活的充裕和精神文明的發達，果腹漸漸變成一種低要求，而品味則成了高標準。果腹是生存手段，品味是感官享受，而由腹由口至於心，把烹飪的目的又提高了一步。所謂「點心」，只在心中微微一點，量越少，質越精，做法更為繁多，實在是烹飪在正餐之外的又一發展呢！

説臘脯

　　從儲備的需要出發，把野味和家畜肉製成乾，叫作「脯」，脯和蒸、煎、烹、炙一樣，都是肉食製作的常用方法。

　　脯法在我國早已有之，記載最詳細的早期文獻是《周禮‧天官‧臘人》：「臘人掌乾肉，凡田獸之脯臘膴（音呼）胖之事。凡祭祀，共豆脯，薦脯膴胖凡臘物。賓客、喪紀，共其脯臘，凡乾肉之事。」——可以看出，脯臘關係到自己食用，祭祀喪葬，以及接待賓客。禮學家對脯物的名稱區分很細。大體可分四種：

　　一是乾肉。這是把大的獸或畜肆解後，大塊做成乾肉。這種大塊乾肉，祭祀時是盛在一種青銅禮器俎裏的。

　　二是臘。這是把小的禽獸，如雉、兔等整個風乾做成乾肉。古代冬季十二月有一種祭祀，是用臘肉作祭品，所以稱作臘祭，十二月叫「臘月」，十二月初八日稱「臘八」，都是由這種臘祭得名的。

　　三是脯。脯是把肉去骨切薄片再製成乾肉，祭祀時不放在俎裏，而放在籩裏。籩（音邊）是一種竹

製的祭器，比俎小。

四是脩。脩是把肉片薄後加上薑桂等佐料，鍛錘使肉緊實。孔夫子讓學生交束脩，就是這種乾肉。

這四種乾肉，籠統說來，都叫乾肉。禮學家們所以把它們分得這麼細，主要因為它們在祭祀中放置和作用不盡相同，祭祀是奴隸制時代的一件大事，一些也馬虎不得的。

臘、脯、脩各具其名，推究它們命名的由來，「臘」字大約來源於「獵」字。《風俗通》說：「臘者，獵也。」段玉裁說：「獵以祭，故其祀從肉。」臘祭在冬至後三戌，用臘肉祭百神，因其以冬天的獵獲物做成乾肉來祭祀，所以製成的乾肉就叫臘，「臘」（腊）是「昔」的後出字，「昔」字上象肉狀，下以日曬之，正是臘肉的古字。後來才又加了肉旁。「脯」字與「薄」、「迫」、「搏」等字同源。取薄片之義。《說文》：「膊，薄脯，膊之屋上。」段玉裁注：「『膊之屋上』當作『薄之屋上』。薄，迫也。」《左傳》說龍人囚盧薄就魁，「殺而膊諸城上」。「膊」與「脯」義亦通。「脩」與「條」（小枝）、「修」（長）、

米飯爲糝以茱萸子白鹽調和布置一如魚

鮓法令裛裛多泥封置日中一月許蒜虀薑酢

任意所便脏之尤美炙之珍好

脯腊第七十五

作五味脯法正月二月九月十月爲佳用牛

羊麞鹿野豬家豬肉或作條或作片罷破骨皆令順理

理不用各自別槌牛羊骨令碎熟煑取汁掠去別以冷水淘去塵穢口而已勿使遍鹹細切蔥

斜斷

浮沫停之使清取香美豉

豉色足味調濾去滓待下鹽

白擣令熟椒薑橘皮皆末之量多少以浸脯手

《齊民要術》「脯腊（臘）」，北魏賈思勰撰，《四部叢刊》本

「筱」（音小，細竹）、「潃」（音手，溲）等詞同源，這些詞或有「長」義，或有「久」義，可以看出，「脩」是因形長時久而得名。由其命名來源，可知其各自的特點。「脯臘」合稱，統言之耳！

據禮學家說，乾肉有兩種：一種生乾，一種熟乾。脯是熟乾。熟法有先煮後晾和用火炙乾兩種。《齊民要術》有「脯臘」一節，說的是把牛、羊、獐鹿、野豬、家豬做成肉脯的方法。做脯的程序是：把肉切成條或片兒，將骨頭敲碎，流出骨髓，與肉一起煮。去浮沫，漉渣滓，略加鹽豉——適口而已，不可太鹹。把蔥白搗碎，椒薑橘皮砸成末，與骨液混在一起，把煮過的肉泡在這種佐料中。隔三天三夜，取出後用細繩穿成串，晾在屋北檐下陰乾，而且不斷以手捏搓，使肉緊實。肉乾製成後，用紙袋套上收藏。這大體是熟乾作脯的程序。今天所吃的牛肉乾、臘肉、鹹肉等等，都是古代脯法的繼承呢！

說醍醐

　　有一種止渴生津的飲料，叫做醍醐（音提胡）湯。這種飲料主原料是烏梅和蜜，外加少許白檀末和麝香。這種湯為什麼名為醍醐湯？有人說，是因為它特別精美，像醍醐，而醍醐是牛奶中的最精提煉物。這個說法似乎不很有道理。

　　醍醐確為牛奶的精製品，所以佛教用來比喻最上至極之正法。《涅槃經‧聖行品》說：「善男子譬如從牛出乳，從乳出酪，從酪出生酥，從生酥出熟酥，從熟酥出醍醐，醍醐最上。」《本草綱目》「醍醐」下引寇宗奭說：「作酪時，上一重凝者為酥，酥上如油者為醍醐，熬之即出。」這樣最精的提煉，是不可多得的，所以常用來比喻人品之粹美。《新唐書‧穆寧傳》記載穆寧四子贊、質、員、賞，「兄弟皆和粹，世以珍味目之：贊少俗，然有格，為酪；質美而多入，為酥；員為醍醐；賞為乳腐」，可見醍醐在人們心目中至高至美至稀至精的程度。但醍醐湯只不過是烏梅加蜜，既談不到最精提煉，用的又不是最佳原料。名「醍醐」之由，顯然不是從它精美的價值說的。要想弄清這一點，需要考察醍醐的內部性能與外

部體徵。

醍醐在藥用上的最大性能是涼。主治熱惱亂心，塗抹可去熱瘡。佛教有「醍醐灌頂」之說，以喻將此清涼之劑輸入人腦，可消煩惱，得冷靜。所以顧況〈行路難〉說：「豈知灌頂有醍醐，能使清涼頭不熱。」而崔珏〈道林寺〉詩說：「我吟杜詩清入骨，灌頂何必須醍醐。」這都說明了醍醐的涼性。涼便使人舒適，「醍醐灌頂」又引申為令人舒適之義。

醍醐的第二個特性是滑。陳藏器說，醍醐「性滑，物盛皆透，唯雞子殼及壺蘆盛之乃不出」。可見它因質地細膩，便滑潤之極。

醍醐的顏色呈丹黃。陶弘景的《本草集解》說它「色黃白」，不確，實為紅黃色。這要從「醍」的字源說起。「醍」是由「緹」發展來的。緹（音提）原是一種丹黃色的絲織品。以後，字被用作酒名。《周禮》酒正之官是掌握酒齊（配酒的方劑）的，「四曰緹齊」，鄭注：「成而紅赤，如今下酒矣。」《釋名》說：「緹齊，色赤如緹也。」都說明這種飲料色呈丹赤，微帶黃色。以後，「緹」用於酒，專寫作「醍」，

《禮記・禮運》已有「醍」字。「醍醐」正是因色似緹酒而得名的。因為它已不是酒，所以也有寫成「鯷鰗」或「飺飺」的。文字分化，物類有別，而名源則一。

弄清醍醐這三個特點，再來考究醍醐湯因何命名，就很清楚了。醍醐湯以烏梅和蜜為主原料，做法是：將烏梅先熬好，澄清，再加上磠砂和蜜，在砂石器內熬，以赤色為度。冷定後再加白檀、麝香。烏梅湯本是深褐色，因為事先澄清，又有磠砂同煮，所以色赤黃，正如醍醐之色。而因加入蜜，則性滑。烏梅、白檀、麝香均為涼性，所以此湯清涼，可以止渴生津，是解暑的好飲料，食性也如醍醐。可見，名為醍醐湯，不在其至精至美之價值，而在其涼、滑與赤黃色類似醍醐。食物的命名，很少以籠統的價值論，而多以其性、狀、味而論，命名多有比喻誇張。譬如裹糯米的肉丸名以「珍珠丸子」，素炒油菜心名以「翡翠條」等等，不但色、香、味、形皆是藝術，名也是一種藝術。烹飪不但是味覺、視覺、嗅覺的享受，連聽覺也可得享受呢！

說・醉

　　酒與中國文化關係至為密切，不論是帝王、貴族還是平民百姓，文人還是武士，鴻儒還是白丁，聖賢還是惡棍，能見於中國古代典籍的，很少有完全與飲酒無涉的。因此，自古以來，人們對飲酒的生理衛生，也頗有一番研究。

　　每個人的體質對酒的接受能力不同，因此便有「酒量」之說。酒量，每個人不同，所以《論語・鄉黨》說「唯酒無量」；甚至同一個人在不同的情緒下酒量也有變化，因此又有「酒興」之說。《史記》記載：齊威王問淳于髡（音坤）能飲多少酒，淳于髡說：「臣飲一斗亦醉，一石亦醉。」威王問他為什麼，他說：「賜酒大王之前，執法在傍，御史在後，髡恐懼俯伏而飲，不過一斗徑醉矣……日暮酒闌，合尊促坐，男女同席，履舄交錯，杯盤狼藉，堂上燭滅，主人留髡而送客，羅襦襟解，微聞薌（音響）澤，當此之時，髡心最歡，能飲一石。」──這是一個很典型的故事，它說明，飲酒無量，因人而異，因興而異。

　　但《論語》在「唯酒無量」之後還有半句很重要

的話，叫作「不及亂」。這使我們明白，「無量」是對整個社會飲酒的人總體而言，對每個飲酒的個人，則是「有量」的，這個量，應限制在「不及亂」上。「不及亂」的下限就是「醉」。《說文解字・十四下・酉部》：「醉，卒也。卒其度量不至於亂也。」——「卒」是「終了」、「終結」，醉就是每個人所適應的酒量的終極，也就是每個人飲酒達到「不及亂」的生理極限。《說文解字》解釋了「醉」字從「卒」的造字意圖，也解釋了酒醉的確切含義。

中國古代愛飲酒的人追求的是一個醉，「有飲輒醉」，「一醉方休」，醉是一種詩境、美境。《醉仙圖記》說：「凡醉有所宜：醉花宜晝，襲其光也；醉雪宜夜，消其潔也；醉樓宜暑，資其清也；醉水宜秋，泛其爽也。」——這實在是於身心絕美的境界。

但是，酒量終歸是一個模糊概念。在日常生活中，真正掌握「醉而不亂」這個極限點，往往很難辦到。古代的飲酒者除禮宴外，大多是悲愁者、狂放者、浪漫者、嗜慾者，飲起酒來，能夠以醉不及亂為上者，雖非絕無其人，說來也很難得。晉代的山巨

源（濤），飲酒至八斗方醉，帝以八斗飲濤，密益其酒，濤至本量而止。——像山濤這樣掌握本量的，實不多見。因此，在日常生活中，醉便漸漸與「不及亂」這個概念脫節，因酒誤事的有之，因酒鬧事的也有之，甚至因酒敗其大事，也不乏見。春秋鄢陵之戰時，楚國的子反克制不了酒慾，讓谷陽豎以酒代飲端給他喝，終因醉倒，楚子召之而不能見，致楚軍敗退。所以，一個「醉」字，已經不能道盡全部的飲酒生理。翻開《說文解字》，可以見到一系列的與醉相關而程度有差異的詞：

「醉」的同義詞是「醺」，「醺」字從「熏」，《詩經·大雅·既醉》毛傳說：「熏熏，和悅也。」「熏」的「和悅」義就是「醺」的義源。北宋陶穀《清異錄》說：唐穆宗臨芳殿賞櫻桃，進西涼州蒲（葡）萄酒，帝曰：「飲此頓覺四體融和，真太平君子也。」——「四體融和」，就是對「醺」的「和悅」義的具體形容。

飲酒恰到好處，盡興而不亂，是謂「酣」。《說文解字》：「酣，酒樂也。」段玉裁注引張晏說：「中酒為酣。」《文選·吳都賦》「酣湑（音水）半」，

劉注:「酣,酒洽也。」對「酣」,更明確的解釋是
《史記·高祖本紀》集解所引的應劭注:「不醒不醉曰
酣。」——酒帶給飲者的朦朧感已經襲來,而意識尚
存,思維尚清。陸游〈飲石洞酒戲作〉詩所說的「酣
酣霞暈力通神」,正謂此境。

酣、醉之後,酒便於人體有害,於心理更為不
宜,不成其為享受了:

《說文解字》:「酖(音擔),樂酒也。」《字林》:
「嗜酒為酖。」《詩·鹿鳴》毛傳說:「湛,樂之久也。」
「湛」即是「酖」的借字。用今天的話說,「酖」就是
沉湎於酒。《左傳》所說「宴安酖毒,不可懷也」,
指所樂非其正而言,可見「酖」非正常之樂,在古代
一向是含有貶義的。

「酲(音呈),病酒也」,《莊子·人間世》:「嗅
之則使人狂酲。」李注:「病酒曰酲。」因酒而呈重
病態,是過量無疑。

「酗」(酌),是飲酒過量的最激烈表現。《尚書·
泰誓中》「淫酗肆虐」,疏:「酗是酒怒。」《尚書·
無逸》傳:「以酒為凶謂之酗。」以「酗」和「淫」、

「肆虐」並稱，它的惡劣程度，可想而知。

　　從廣義說，「酲」與「酗」也都是「醉」，《左傳‧昭公十二年》說：「去其醉飽過盈之心。」「酲」與「酗」，都是醉之過，達到了「亂」的地步。《北齊書》記載王紘之說：酒有大樂，亦有大苦。梁陳暄〈與兄子秀書〉說：「吾常譬酒之猶水，亦可以濟舟，亦可以覆舟。」都道出了飲酒的兩面，也道出了醉之不可過的道理。

和與調

中國的烹飪飲食已經馳名全球，很多人只知道中餐味美花樣多，卻不知道中餐內在的好處。中國菜餚美味可口，豐富多彩，並且對身體有益，各個地區又有不同的菜系。這不是一朝一夕能夠做到的，而是經過了數千年的積累。說起中國古代烹飪飲食的特點，可以夠得上優秀傳統的，有一個字可以總的概括，那就是「和」，為了達到「和」的高境界，需要「調」。

說到飲食烹飪的「和」，從三個最典型的古書記載就可見其一斑：

先看《呂氏春秋‧本味篇》記載：商湯即位後，請出了著名的政治家伊尹佐政，給了他非常高的待遇。伊尹在朝堂上發表的第一個政論是從「至味」談起。「至味」也就是最美的食品。他說有三類可吃的東西，本來都不是美味：「水居者腥，肉玃（音霍）者臊，草食者羶。」——湖海中的水族魚蝦之類本味腥臭，食肉類禽獸鷹雕之類本味腥臊，草食類牲畜羊鹿之類本味羶臭。儘管它們的本味臭惡，但是作為原料，仍可以做成美食。伊尹說：「凡味之本，水最為

始。五味三材，九沸九變，火為之紀。時疾時徐，滅
腥去臊除羶，必以其勝，無失其理。」——當這些原
料進入熟食加工過程時，首先要掌握水的多少，之後
全靠火候來協調。加熱的速度和程度，什麼時候沸
騰，沸騰幾次，都會影響烹飪的效果，把滅腥、去
臊、除羶做得十分到位。他接着説：「調和之事，必
以甘酸苦辛鹹，先後多少，其齊甚微，皆有自起。鼎
中之變，精妙微纖。口弗能言，志不能喻。若射御之
微，陰陽之化，四時之數。故久而不弊，熟而不爛，
甘而不噥（音農，一作「壞」），酸而不酷，鹹而不
減，辛而不烈，淡而不薄，肥而不膄（音喉）。」——
調和五味，要放入佐料，先放什麼，放多放少，都要
有數兒。就像射箭、趕車一樣，射程遠、箭靶小還要
射中；用一個細鞭子駕馭一匹馬，還要能跑萬里路。
其中的微妙是沒法説清也難以形容的。協調到了這個
程度，才能做到口感和味道都恰到好處。

再看《左傳·昭公二十年》記載：有一次，齊
侯打獵回來，齊國的卿相晏嬰迎接他。這時，齊景公
的寵臣梁丘據也趕到了。景公問晏子：「梁丘據和我

可以算作君臣和諧了吧？」晏子回答説：「只不過是相同而已，談不到諧和。」接着，晏子就用烹飪為例子，説明「和」與「同」的區別。他説：「和如羹焉，水火、醯醢、鹽梅以烹魚肉，燀（音淺）之以薪。宰夫和之，齊之以味，濟其不及，以洩其過。君子食之，以平其心。」——君臣相和就像烹飪調味一樣，水和火相互配合，用各種佐料來燒魚燉肉，架上柴火，廚師調和五味，不足的加一點，過分的減一點。君子吃了才舒坦。晏子説完這番話，還有幾句十分深刻的警語。他引了《詩經．商頌．烈祖》的兩句話「亦有和羹，既戒既平」，説：「君所謂可，據亦曰可。君所謂否，據亦曰否。若以水濟水，誰能食之？若琴瑟之專一，誰能聽之？同之不可也如是。」——君臣之間要有不同的意見，相互交流、補充，如果君怎麼説，臣完全照辦，就像用水來調節水，還能有味道嗎？琴瑟完全同聲，還會動聽嗎？和伊尹一樣，晏子表面上在説烹飪，其實是在説政治。

都知道周代宮廷負責飲食的大廚是「宰夫」，豈不知管伙食的還有一位更重要的人物是「食醫」。《周

禮·天官·冢宰》記載：「食醫掌和王之六食、六飲、六膳、百羞、百醬、八珍之齊。」「齊」是劑量的配方，一服中藥叫「一劑」，「劑」來源於「齊」。所以，「食醫」是古代的營養師，專門負責調配飯菜，為的是實現一個「和」字。「食醫」首先要考慮口味與季節的搭配：「凡和，春多酸，夏多苦，秋多辛，冬多鹹，調以滑甘。」──古代以五行配五方，五方配五味。各種搭配說法也有不同，解釋不一，但最權威的說法是《禮記·月令》和《尚書·洪範》的記載，大致的搭配如下：

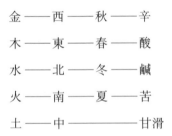

金──西──秋──辛

木──東──春──酸

水──北──冬──鹹

火──南──夏──苦

土──中───────甘滑

五味與季節的關係，大約與動植物及果實生長、成熟的情況有關，也和人體缺乏的營養有關。五味與地域的關係，和不同地域的地理環境和生態條件有關。這些都是概數，並不適合每一個人，但是這

些說法含有的理念是很有價值的。首先，中國古代的「食」和「醫」是相通而同理的，養生和療病是一件事情的兩面。和則養生，不和則療病，都是要達到飲食與人體的和諧。其次，口味關係到人與自然的交融，不是只為了享受。這是天人合一思想最基本的體現。從這種搭配還可以看到，五味是互相制約的，達到平衡是為了適口且和身。《周禮》所謂的「多」，意思是根據季候的特點，對缺乏的一味多加一分。唐代孔穎達解釋作「各尚其時味者」，「多於餘味一分」，這一分是為了補足所缺，使更加和諧，實現一定環境下內在的平衡，並不是為了尋求刺激而突出一點，不及其餘。還有一點也值得注意，那就是甘滑的作用 —— 甘是味覺無刺激，滑是口感無滯澀，這就是平衡適中的最終效果。食醫的另一個任務是搭配主食和副食，也就是調和糧食與菜餚：「凡會膳食之宜，牛宜稌（按：「稌」即稻米），羊宜黍，豕宜稷，犬宜粱，雁宜麥，魚宜苽（按：「苽」即水生的雞頭米）。凡君子之食恒放焉。」（《周禮・天官・冢宰》）這裏所說的「會膳」，就是需要放在一餐裏同吃。

孔穎達解釋這段話説:「言牛宜稌者,依《本草》、《素問》,牛味甘平,稻味苦而又溫,甘苦相成,故云『牛宜稌』。羊宜黍者,羊味甘熱,黍味苦溫,亦是甘苦相成,故云『羊宜黍』。豕宜稷者,羖(jiā)豬味酸,牝豬味苦,稷米味甘,亦是甘苦相成,故云『豕宜稷』。犬宜粱者,犬味酸而溫,粱米味甘而微寒,亦是氣味相成,故云『犬宜粱』。又云雁宜麥者,雁味甘平,大麥味酸而溫,小麥味甘微寒,亦是氣味相成,故云『雁宜麥』。云魚宜苽者,魚味寒,魚族甚多,寒熱酸苦兼有,而云宜苽,或同是水物相宜,故云『魚宜苽』。」可見動植物的食性與藥性完全是一回事。

總之,在關於中國古代烹飪的記載中,講究協調以達到「和」的境界,是一種自古以來的優秀傳統。「和」是在多樣和差異中經過調節達到適中的平衡,而不是單調的千篇一律。「和」是一種辯證法,是中國古代傳統價值觀與審美觀的根基。政治上提倡「人和」,音樂上講究「和樂」、「唱和」,醫學上主張「身和」、「氣和」等等,都是在尋求一種適中與

平衡。「和」的目的不僅為了可口,同時為了養身。中國飲食中的美味,是味覺感官娛悅與身體健康的統一,絕非脫離理性地單純追求感官的刺激。但烹飪飲食與藥物治療畢竟有所不同,不論用什麼方法達到「和」的境界,都要將食品多方面調和的結果體現在「好吃」兩個字上,生成美味。中國烹飪不但有實用的價值,更有審美的價值,這是不容置疑的。

節・與・精

　　「節食」這個詞，古今的概念是不同的。今天一說節食，就會想到減肥，以減少飯量作為減輕體重的一種措施。減少飯量當然會同時減少營養，這對營養過剩或體重超標影響健康的人來說，也許是一種治療或健身的好辦法，但對僅僅為了保持身材的健康人，不免是一種損害。可在中國古代的飲食觀念中，飲食要節制是一種常念，是一生都要遵循的健身之道，甚至是一種修養。

　　古代的節食，指的是把握飲食的量，不使過分。《論語》有「不多食」之說，朱熹的解釋是「適可而止，無貪心也」。《呂氏春秋》說：「凡食之道，無飢無飽，是之謂五藏之葆。」《文子》說「適情而已，量腹而食，度形而衣，節乎己而」，這才是聖人。《雲笈七籤》講「九食法」，其中專門談到「節食」，解釋說：「節食者，中食也。」這些都是古人所說「節食」的內涵。可見飲食適度是古代各家各派的共識。節食不是減少應有的食量、剋扣必要的營養，而是以滿足身體需要為前提，克制慾望，適可而止。

　　為什麼要節食？因為飲食不但具有養生的實用價值，還具有滿足味覺的鑒賞價值。吃是一種必要的生活，吃也是一種會心的享受。遇見好吃的、愛吃的忍不住多吃，有條件解饞吃喝無度，有人認為這不過是平常的人性。但是縱慾必會傷身，饕餮絕非美德，古人這樣說，是有依據的。人在自然界開發食材，能吃又好吃的東西才適合作飲食的原料。可一般人總是先顧好吃，忽略有益；好吃就多吃，忽略有度。所以古人在談到修身的時候才會諄諄告誡要「節食」。飲食不要過量，是古人從幾千年的生活中總結出來的經驗，而且是經過中醫不斷臨床試驗探索出來的至理。這裏不說中醫理論，只說修身養性。九流十家不管政治態度如何，哲學思想如何，沒有不主張飲食適度的。《墨子》主張節用，首先是節食。〈辭過篇〉說：「其為食也，足以增氣、充虛、強體、適腹而已矣。」《慎子》說：「飲過度者生水，食過度者生貪。」——吃喝無度不但壞了身，也壞了心。《雲笈七籤》傳道家之言：「節食除煩濁。」——心不煩，身不濁。古代的筆記、志怪、小說流傳着很多勸人節食的故事：

　　警戒多食的。西晉張華的《博物志》記載：魏明帝時，京城有個年輕人食量大，一人能吃十人的飯，最後胖得走不動路。他父親送他到一個縣裏去，鄉民看他的樣子，都懂得了飲食要節制的道理。

　　勸勉延壽的。宋代陳師道《後山談叢》記載：一位闍老年過七十還面容細潤、頭腦清楚，一切如年輕時。有人問他怎樣能做到不老？他說：就是每頓少吃三四口飯。

　　警告偏食的。宋代曾慥（音措）編《類說》，在「記異錄」中說了這樣一個故事：有個合肥人叫劉最，喜歡吃雞。每次殺雞時，一定先把雞腳割下來放血，說是讓血流淨可以去腥，然後再下鍋。不久，他鬢角上生了一種瘡，潰瘍處居然生出好些雞腳，疼痛不已，帽子、頭巾都戴不得，過了幾年就去世了。民間的有些傳說似乎荒誕，但多數是勸善的。

　　也有一些正經拿禮儀來說事兒的。《國語》記載：楚國的國卿屈到特別愛吃菱角，病重的時候，囑咐宗老，死後要用菱角祭奠他。他死後，宗老們真要拿菱角上供，還是他的兒子屈建是明白人，反對說：

「依禮，菱角不屬於祭品，愛吃菱角是個人嗜好，不能破壞祭奠的規矩。」賈誼《新書》記載：周文王時太子姬發愛吃鮑魚，太傅姜尚堅決不許，說：「按照禮法，鮑魚是不能進廚房的，不可以給太子吃。」從這些故事都看出古人在飲食上是主張節食，反對暴食、奢食、偏食的。

古人主張節食，並不是對飲食不重視。《論語·鄉黨》有「食不厭精，膾不厭細」的說法，並詳細說明了飲食的禁忌：「食饐（音意）而餲（音壓），魚餒（音女）而肉敗，不食。色惡，不食。臭惡，不食。失飪，不食。不時，不食。割不正，不食。不得其醬，不食。肉雖多，不使勝食氣。唯酒無量，不及亂。沽酒市脯不食。不撤薑食，不多食。」所謂「精」和「細」，就是烹製要精心、食用要講究。變味兒、變色兒的魚肉絕不能吃，不正規的地方買來的東西不能吃。更有甚者是「割不正，不食」。在不同的食膳中，要保證所取的獸畜部位符合規定，而且切割的形狀、大小、紋路都要合規矩。這本是對祭祀的規定，好像只是出於敬獻擺的樣子。但絕

經家以授賓客

去喪無所不佩 孔曰所宜佩也皆佩之非喪則佩玉也

非帷裳必殺之 王曰衣必有殺縫有殺縫

羔裘玄冠不以弔 孔曰喪主素吉主玄弔故不以玄冠服異服

吉月必朝服而朝 孔曰吉月月朔也朝服皮弁服同

齊必有明衣布 孔曰以布為沐浴衣

齊必變食居必遷坐 孔曰改常饌也遷坐易常處

食不厭精膾不厭細 食饐而餲魚餒而肉敗不食 孔曰饐餲臭味變敗也魚敗曰餒鳥曰餒

色惡不食臭惡不食 魚

失飪不食不時不食 孔曰失飪失生熟不時非朝夕日中時不食

割不正不食不得其醬不食 食如字 唯

肉雖多不使勝食氣 食如字

唯酒無量不及亂沽酒市脯不食 孔曰唯酒不能亂

不撤薑食不多食 孔曰齊禁葷物薑辛而不臭故不去撤 不多食不過飽

祭於公不宿肉 周曰助祭於君所得牲體歸則班賜不留神惠

祭肉不出三日出三日不食之矣 孔曰自其家祭肉過三日不食褻鬼神之餘

食不語寢不言雖疏食菜羹瓜祭必齊如也

《論語·鄉黨》，魏何晏集解，元盯郡覆刊廖瑩中世綵堂本

非如此，這其實是為活着的人定的規矩。這不是奢華，也不是擺樣子，是把吃飯當成一件要緊的事，從容、認真去做，做得乾淨，吃得健康。

這裏要特別用正規的禮儀來說一說「肉雖多，不使勝食氣」和「唯酒無量，不及亂」。以諸侯宴請大夫的「公食禮」為例，初設正饌，有牛、羊、豕、魚、臘肉、腸肚、肉皮；次設加饌，還有切法、煮法不一樣的牛、羊、豕肉和魚膾……魚肉的種類不謂不多，但宴席上還是要先食稻粱，二簋；卒食黍稷，六簋。這就是強調用五穀致飽。糧食補氣，肉多了傷氣。中國餐飲以五穀為主食，對肉總是節制的。節酒也是十分重要的。人的酒量不同，所以宴會上飲酒杯數雖固定，度數卻是可以自己用「盉」（音禾）來調的。以君宴臣的燕禮為例，堂上東邊柱子的西側，擺着兩尊方壺；堂下門的西側，擺着兩尊圓壺，都是定量的。飲酒時用音樂助興，賓主敬酒與回敬也規定了幾個回合。因為事先按自己的酒量調了酒，離席的時候保證是清醒的。被宴的臣子回去時要退下幾步，下臺階，然後下拜。當奏樂的人為他奏樂送行時，還要

把帶來的肉脯賜給奏樂的人。這麼多的動作，既有道謝、告辭的意思，也以此表示自己飲酒是適量的，這就是「不及亂」。節與禮是不可分割的。古代的宮廷和士大夫靠「禮」來達到「節」的目的，所謂「情有節」、「節嗜欲」（《呂氏春秋》）都是靠「禮」來制約的。古代的許多關於宴飲和家膳的禮儀，總在體現一個「節」字。這固然是對統治秩序的一種維護，但克制慾望有節有度，卻不能不說是一種養生的措施，理性的修養。

「節」與「和」有密切的關係：「有節有侈」，才能求「和」，而「和」又是「節」的限度，一旦達到適度、中和，「節」的目的也就達到了。所以古書常常用「適」與「和」來注釋「節」字。

齊與範

中華飲食講究和諧，水火要協調，食材要搭配，五味要均衡，這些都是需要一定的量化標準的。但是，烹飪是適應人的需要又靠活生生的人來操作的，面對的又都是性能不同的有機物，必然會有很多不可控的因素。同樣一個菜餚，不同的人做就會有不同的味道，甚至同一個人做很多次，每一次都會出現不同的效果。這就形成了中華烹飪又一個很有特色的傳統，這個傳統用兩個字來表示，就是「齊」與「範」。

「齊」在古書裏有兩個常用的意思，一個是「整」，一個是「平」。所謂「整」，是在綜合裏看到的，按照應有的結構全盤整合，就是齊整。所謂「平」，是在比較裏看到的，得到各種成分內在的均衡，就是平齊。從烹製來說，「齊」就是後來的「劑」，也就是配方，相當於今天的藥劑；不過，古代的「齊」，包括的內容更多一些，《周禮》「食醫掌和王之六食、六飲、六膳、百羞、百醬、八珍之齊」。除了食材及其分量以外，連火候、水分、程序等等，也都在內。甚至肉食的切割，也要講究部位、

形狀、紋路、大小。「齊」保證最後的味感達到「和」的程度。從食用來說，各種食物的搭配也是定為規範的。《周禮》在說到飯、羹、醬、飲四樣食物的方劑時說：「凡食齊視春時，羹齊視夏時，醬齊視秋時，飲齊視冬時。」鄭玄注：「飯宜溫，羹宜熱，醬宜涼，飲宜寒。」意思是，這四樣食品一年四季都要製作，但其配方以一個更為適宜季節的配方為標準。正如唐代孔穎達所說：「食以養人，恐氣虛羸，故多其時味，以養氣也。」《周禮》的記載不但說明了古人製作各種飲食都是有配方的，配方與季節有關，而且說明了配方與食性的溫熱也有關係。借助大自然的產物與人體互相調劑，注重飲食與人的體質和四季氣候的關係，這是中華飲食很重要的理念。

　　齊的標準是「和」，不論是水火的把握、食材的擇取、味道的調配、製作的程序還是原料的比例，都經過「齊」來保證效果，那麼，齊 —— 配方，又是怎樣定出來的呢？前面說過，烹飪是一種人文現象，不可能千篇一律，因此，宮廷裏有食醫掌握，又有禮儀限制，也只得一個大概；民間則家家有所不同，

「齊」的實現要靠「範」。

　　「範」是古代烹食技藝與方法傳承的特殊方式。在經過多次實踐之後，獲得了品味與養生功效俱佳、堪稱為「和」的最佳製作方案，古人便把這些成功的經驗固定下來，作為範例。這一工作，在宮廷裏是由食醫來掌管的。在民間，則流傳着很多不同的配方，有些在家庭裏代代相傳，有些被記載在地方志裏。這種流傳下來供大家仿作的配方，就是「食譜」。中國古代有一部專門收集食物製作方法的書叫做《食經》。這部《食經》在《隋書》、《舊唐書》、《新唐書》上都有記載，是北魏太武帝的博士祭酒崔浩（字伯淵）所著，一般記載是四卷，也有說是九卷的。根據《魏書・崔浩傳》所收崔浩寫的〈食經叙〉所說，這部書是崔浩的母親盧氏與其他女性長輩將家居用餐、敬奉老人、宴請賓客、祭祀祖先的各種飲食製作方法記錄下來傳給後代。崔浩被誅殺後，整部書已經佚失，但是在《齊民要術》、《農政全書》、《北堂書鈔》及一些類書裏，還有一些條目保存。下面列舉《齊民要術》所引，以便瞭解在《食經》裏如何將「齊」體

餐桌上的訓詁

現出來：

《食經》曰：「種名果法：三月上旬，斫取好直枝，如大母指，長五尺，內着芋魁中種之。無芋，大蕪菁根亦可用。勝種核，核三四年乃如此大耳。可得行種。」

《食經》曰：「蜀中藏梅法：取梅極大者，剝皮陰乾，勿令得風。經二宿，去鹽汁，內蜜中。月許更易蜜，經年如新也。」

《食經》曰：「作餅酵法：酸漿一斗，煎取七升；用粳米一升，着漿，遲下火，如作粥。六月時，溲一石麵，着二升；冬時，着四升作。」

《食經》曰：「作麵飯法：用麵五升，先乾蒸，攪使冷。用水一升。留一升麵，減水三合；以七合水，溲四升麵，以手擘解。以飯，一升麵粉，粉乾下。稍切取，大如栗顆。訖，蒸熟，下着篩中，更蒸之。」

《食經》曰：「作豉丸炙法：羊肉十斤，豬肉十斤，縷切之。生薑三升，橘皮五葉，藏瓜二升，蔥白五升，合擣，令如彈丸。別以五斤羊肉作臛，乃下丸

炙煮之，作丸也。」

從舉例中可以看出，這裏記載的飲食製作方法，也就是方劑，包括植物栽種法、果品保存法、調料提取法、糧食蒸烤法、肉食製作法等等。其中也可以看出原料、數量、季候、切割、程序、放置等等因素的體現。這裏主要是介紹崔氏《食經》的情況，其實賈思勰所著、成書於北魏末年、被稱作農業百科全書的《齊民要術》記載食品製作的範例，要比他引用的《食經》種類更豐富，內容也更詳盡，結合現代的飲食製作來看，十分有趣。對中華烹飪有興趣的人士，不可不讀。

說到食譜，就比較普遍了，歷代都有收集。宋鄭樵《通志》在「藝術類」（指技藝、方術，與現代的「藝術」意義內涵不同）下「醫書」之後，收《食經》四卷（見《隋志》）、《古今食譜》三卷。乾隆三十二年欽定的《續通志》也收「食譜」，但在「物類」下分「器用」、「飲食」、「植物」、「動物」，可見到了清代，飲食已經獨立，不再和醫藥放在一

起，食與醫的關聯不那麼緊密了。「飲食」類補充收
了宋王灼《糖霜譜》、明汪士賢《蔬食譜》、明王磐
《野菜譜》。地方志中，也常常可以看到《野菜譜》、
《素食譜》、《雜魚譜》等手抄的食譜。其實食譜遠遠
不止這些，這裏特別介紹元代陶宗儀《説郛》所載
韋巨源的《食譜》，韋巨源官至尚書令，家中庖廚規
模很大，他的《食譜》十分考究，以下幾種菜餚，
光看名稱就很不凡：

　　單籠金乳酥（是餅但用獨隔通籠欲氣隔）

　　通花軟牛腸（胎用羊膏髓）

　　光明蝦炙（生蝦則可用）

　　生進二十四氣餛飩（花形餡料各異，凡二十四種）

　　生進鴨花湯餅（廚典入內下湯）

　　……

可以看出，魏晉以前的食譜，記載的大多是一
些熟食的必需品，比起經書上的飲食，已經有所創
新。唐宋以後，飲食的範圍擴大了許多，菜餚的花樣
大量翻新。直至今天，食材的發掘更為廣泛，調味的
原料日益增多，烹飪的器皿不斷發明，熟食的手段無

比豐富，人對飲食的要求越來越高。在中華烹飪的理念裏，和與調、節與精、齊與範的精神仍需發揚，但如何與時俱進地適應當代社會的飛躍發展，將是我們必須面對的課題。

後記

這本小書歷時一年零九個月方才編定，原因是作者和編者都希望增加書的可讀性。為了使這本小書借着談論古代飲食文化，讓讀者有一些關於訓詁學的初步體驗，文中特別注意引用古代典籍的原文。這些原文多少有些難度的，都在行文中做了適當的解釋。為了讓讀者感受到線裝書中訓詁引文的樣式，書中加了一些常見典籍的書影，並標出了所引之處。古代典籍原文中常有一些比較生僻的字，為了保證引文的出處和文字的準確性，這次單獨出版，兩位博士趙芳媛和尹夢協助我核對了出處和引文。為了使這本小書活潑起來，美術老師佟潤欣在繁忙的教學工作之餘，用了一個學期的時間，結合文章的內容，專門為全書作了三十八幅既有解釋作用又有鑒賞作用的圖畫。以上幾位朋友的工作，極大地增加了這本小書的可讀性。感謝她們為書的普及所做的重要工作。

二〇二一年九月

策劃編輯　　梁偉基

責任編輯　　張軒誦

書籍設計　　陳朗思

插圖繪畫　　佟潤欣

書　　名　餐桌上的訓詁

著　　者　王寧

出　　版　三聯書店（香港）有限公司

　　　　　香港北角英皇道四九九號北角工業大廈二十樓

香港發行　香港聯合書刊物流有限公司

　　　　　香港新界荃灣德士古道二二〇至二四八號十六樓

印　　刷　美雅印刷製本有限公司

　　　　　香港九龍觀塘榮業街六號四樓 A 室

版　　次　二〇二三年四月香港第一版第一次印刷

規　　格　三十二開（125 × 180 mm）二一六面

國際書號　ISBN 978-962-04-5158-4

本書中文繁體字版由中華書局（北京）授權出版